Abenteuer Wälder

Lois Walfrid Johnson

3 Unheimliche Schatten

CLV

Christliche Literatur-Verbreitung e. V.
Postfach 11 01 35 · 33661 Bielefeld

Lois Walfrid Johnson

ist eine bekannte Autorin unter christlichen Lesern.
Ihre den Teenagern gewidmeten Bücher
waren mehrere Jahre Bestseller.
Sie und ihr Ehemann Roy haben drei Kinder
und leben im ländlichen Wisconsin, USA.

Mit Ausnahme von Jenny Lind, Rev. Augustus Nelson und Big Gust Anderson, Dorfmarshal von Grantsburg (Wisconsin) Anfang des 20. Jahrhunderts, sind die Personen in diesem Buch fiktiv und von der Autorin ausgedacht. Jede Ähnlichkeit mit lebenden oder toten Personen ist rein zufällig.

1. Auflage 2011 (CLV)

Originaltitel:
The Creeping Shadows / Adventures of the Northwoods 3

Deutsche Ausgabe erstmals 1993 erschienen bei
One Way Verlag GmbH, Wuppertal

Postfach 11 01 35 · 33661 Bielefeld
Internet: www.clv.de

Übersetzung: Ulrike Stute und Wolfgang Neumeister
Satz: CLV
Umschlag: typtop, Andreas Fett, Meinerzhagen
Druck und Bindung: CPI – Ebner & Spiegel, Ulm

ISBN 978-3-89397-593-8

Inhalt

Vorwort	7
Schwierigkeiten in Sicht	8
Maybelle Pendleton	15
Stretch!	22
Der unerwünschte Besucher	33
Josies Geheimnis	41
Es heult durch die Nacht	54
Die Suche	64
Kate als Farmer	70
Wildfire	82
Wettlauf mit der Zeit	88
Kates Wahl	98
Aus der Dunkelheit	108
Papas seltsamer Brief	115
Der unheimliche Schatten	124
Die Entdeckung	136
Der Geldverleiher kommt wieder	146
Beängstigende Nachrichten	158
Die Lage wird ernst	168
Die Schatten werden länger	180
Lutfisk jagt Calico	189
Fußspuren im Schnee	197
Die gefährliche Jagd	209
Nordlichter	216

Für Randy und Renee,
Caitlyn, Brianna, Ethan und Caleb,
in Liebe und Dankbarkeit

Vorwort

Zu Beginn des 20. Jahrhunderts gab es im Nordwesten Wisconsins tatsächlich einen sehr starken Mann – den 2,28 Meter großen Marshal Big Gust. Beliebt bei den gesetzestreuen Bürgern der kleinen Stadt Grantsburg, machte er mit Unruhestiftern kurzen Prozess.

An den Ufern des Spirit Lake steht noch immer die nur aus einem Raum bestehende ländliche Schule. Jedoch kommen keine Kinder mehr dorthin, um zu lernen. Aber vielleicht kannst du ihr Lachen hören, wenn du dieses Buch liest.

Hättest du zu dieser Zeit gelebt, wärst du wahrscheinlich Menschen wie Kate und Anders, Mama und Papa, Lars und Tina begegnet. Du hättest ihre verschiedenen Freunde wie zum Beispiel Erik kennengelernt, Lutfisk, ihren Hund, und Windy Hill, ihre Farm am Rand der großen Abenteuerwälder.

Es ist nicht zu spät. Gerade jetzt kannst du Kate und Anders in dem Abenteuer *Unheimliche Schatten* begleiten.

Schwierigkeiten in Sicht

Eine Windböe fegte um die Ecke, erfasste die Scheunentür und warf sie in ihren Angeln zurück. Als die Tür gegen die Wand schlug, schob Katherine O'Connell das schwarze Haar zur Seite, das sich aus ihrem Zopf gelöst hatte. In der Dezemberluft glühten ihre Wangen rot vor Kälte.

Ein besorgter Ausdruck verdunkelte Kates tiefblaue Augen. *Heute geht Papa Nordstrom zurück ins Holzfällercamp*, dachte sie. *Was ist, wenn etwas schiefgeht, während er weg ist?* Es waren bereits geheimnisvolle Dinge rund um die Windy Hill Farm geschehen.

Kate zog ihre Handschuhe aus und griff durch den hohen Bretterzaun, um den Stern auf Wildfires Stirn zu streicheln. Das geschmeidige Fell der Stute glänzte im Licht der frühen Morgensonne. Sie kam näher, um ihren Kopf an Kates Nacken zu reiben.

Kate lachte. »Wenn du sprechen könntest! Ob du dann Geheimnisse zu erzählen hättest?«

Die Stute nickte mit dem Kopf, als ob sie »Ja« sagen wollte, und Kate lachte erneut. Sie hob einen Eimer hoch und hielt ihn der Stute hin.

Schwarz und glatt gestriegelt, langbeinig mit vier weißen »Socken« – so stand Wildfire da und tauchte ihren Kopf in den Hafer. Einen Augenblick später spitzte sie ihre Ohren und trat zurück.

»Du willst keinen Hafer?« Kate war verblüfft. »Was ist los?«, fragte sie und hielt den Eimer höher.

Statt näher zu kommen, ging Wildfire weiter zurück. Die Stute hob den Kopf und drehte die Ohren, um zu lauschen. Im nächsten Augenblick schnaubte sie und schlug mit dem Vorderhuf auf den Boden.

Kate ließ den Eimer fallen und sprang vom Zaun weg. »Wildfire, was ist los?«

Wieder schnaubte die Stute, schlug mehrere Male mit einem Huf auf den Boden und rollte ihre Augen.

Kates Herz schlug schneller. In all den Monaten, die sie Wildfire nun kannte, hatte die Stute sich noch nie so verhalten.

Kurz darauf durchbrach ein Heulen die Stille des frühen Morgens. Es begann tief, stieg an, fiel zurück, dann stieg es wieder an. In der kalten Luft zog sich der Klang zwischen den Bäumen dahin.

Kate schauderte. Ein Wolf. Jenseits des Feldes, irgendwo in den Wäldern, befand sich ein Wolf. Wie weit mochte er entfernt sein?

Da hörte Kate jemanden rufen. Sie wirbelte herum, froh über menschliche Gesellschaft. Ihr neuer Bruder Anders stand auf dem Weg, der zum Haus führte.

Anders war wie Kate zwölf Jahre alt, doch bereits recht groß für sein Alter. Seine breiten Schultern dehnten die Nähte seiner Jacke, und sein blondes Haar fiel ihm in die Stirn. Er setzte seine Krücken vor sich auf den Boden und zog seinen Körper vorwärts.

Ein paar Tage zuvor hatte sich Anders den linken Knöchel verstaucht. Doch bislang hatten die Krücken ihn nicht davon abhalten können, alles zu tun, was er wollte.

Er blieb auf dem schneebedeckten Weg stehen und rief noch einmal: »Kate! Papa möchte, dass du kommst!«

Vor neun Monaten, im März 1906, hatte Kates verwitwete Mutter Anders' Vater, Carl Nordstrom, geheiratet. Mama und Kate waren dann zur Windy Hill Farm nach Nordwest-Wisconsin gezogen.

Als Kate zu Anders rannte, schaute er ihr ins Gesicht. »Was ist los? Du hast ja Angst.«

»Ein Wolf, Anders.« Kates Stimme zitterte. »Ich habe einen Wolf gehört.«

»Mach dir keine Sorgen«, meinte er. »Er wird dir nichts tun.«

Kate glaubte ihm nicht. »Hast du Wildfire wiehern gehört?«

»Jup.« Anders schien unbesorgt. »Sie wird dich als Erste warnen, wenn irgendetwas hier herumstreunt. Doch vergiss das jetzt. Papa muss los.«

Als Kate ins Farmhaus eilte, strömte ihr die Wärme des Kochherds entgegen. Aber in der Küche war es still – viel zu still. Kate spürte eine größere Kälte als draußen im Dezemberwind.

Am Weihnachtsabend war Papa Nordstrom aus dem Holzfällercamp, in dem er seit November arbeitete, nach Hause gekommen. Erst gestern hatte die Familie zusammen Weihnachten gefeiert. War es schon wieder Zeit, Abschied zu nehmen?

Ein Knoten des Elends zog Kates Magen zusammen, als sie sich zu ihrer Familie an den Tisch setzte: zu ihrer neuen Schwester – der fünfjährigen blonden Tina, zu ihrem neuen Bruder – dem neunjährigen Lars, zu Anders, Mama und Papa Nordstrom.

Mama hatte Papas braunes Haar und seinen Schnurrbart und Bart geschnitten. Doch sein rissiges Gesicht zeigte immer noch den Biss des Winterwinds von seiner Wanderung nach Hause. Er blickte traurig, so als spüre er bereits die Trennung von seiner Familie.

»Sven wird bald hier sein«, erklärte Papa ihnen mit schwerer Stimme.

Sven würde nach Grantsburg fahren, um Papa zum Zug zu bringen. Kate wusste das bereits seit gestern, doch jetzt wurde die Trennung Wirklichkeit. Und Kate spürte noch etwas: Ein Unbehagen durchflutete sie wie der unruhige Wind, der durch die Bäume wehte.

»Musst du wirklich gehen?« Die Frage platzte aus Kate heraus, obwohl sie wusste, dass es nicht gut war, sie zu stellen.

»Wir brauchen Geld für die Frühlingssaat«, erinnerte Papa sie und die anderen.

»Aber was werden wir ohne dich machen?« Die Frage hing in der Luft, während Kate an all die Dinge dachte, die auf einer Farm in Wisconsin schiefgehen konnten. Als Papa im November fortging, hatte sie die gleiche Frage gestellt. Sie hatte die Antwort herausgefunden.

Seltsame Dinge waren geschehen. Sie und Anders

und ihr Freund Erik mussten ein Rätsel lösen. Was würde jetzt passieren, wenn Papa fort war und die langen, dunklen Januartage gerade vor ihnen lagen?

»Kate!«, mahnte Mama sanft, als warne sie ihre Tochter, nicht über etwas zu sprechen, das nicht zu ändern war.

Trotzdem fragte Kate: »Du bist den ganzen Weg gekommen, nur um einen Tag hier zu sein?«

Papa nickte, und einen Augenblick fragte sich Kate, ob seine Augen feucht wurden.

»Ich musste wissen, wie es euch allen geht«, sagte er, in die Runde am Tisch blickend. Er streckte eine Hand aus und legte sie auf Mamas Hand.

»Wir mussten Weihnachten zusammen verbringen«, fügte sie hinzu. Mama, mit ihrem goldblonden Haar, wirkte recht groß für eine Frau. Sie erwartete im Frühling ein Baby. Unter ihrer großen Schürze nahm ihre gewöhnlich schlanke Taille an Umfang zu.

»Es tut mir leid, dass ich deinen Geburtstag verpasse, Anders«, seufzte Papa.

Meinen auch, dachte Kate, sagte es jedoch nicht laut. Doch etwas wollte sie wissen. Sie erinnerte sich an den Bauunfall, bei dem ihr irischer Vater, Vati O'Connell, ums Leben gekommen war. »Ist es gefährlich, in einem Holzfällercamp zu arbeiten?«

Papa schaute schnell zu Mama, dann wieder zu Kate. »Manchmal«, sagte er sanft. »Doch es wird vielleicht auch für euch alle hier ohne mich hart sein. Wir müssen jeden Tag füreinander beten. Bald bin ich wieder zu Hause.«

Er hielt Mamas Hand noch immer, neigte den Kopf und betete in Schwedisch. Als sie ihren Namen hörte, vermutete Kate, dass er für jedes Mitglied der Familie betete. Doch sie konnte Papas Worte nicht verstehen. Mama kam aus Schweden, doch Vati O'Connell war Ire gewesen. Sie hatten zu Hause immer englisch gesprochen.

Einen Moment später hielt Papa Nordstrom inne und räusperte sich. Er wechselte ins Englische, als wäre ihm eingefallen, dass Kate nicht verstand, was er sagte. »Himmlischer Vater«, betete er mit tiefer Stimme. »Wenn Kate es nötig hat, dann erinnere sie daran, dass du dich um sie kümmerst.«

Kate schluckte, denn Papas Gebet überraschte sie. Schnell wischte sie die Träne weg, die ihre Wange hinunterglitt. Dann sagte Papa: »Ah-men.«

Kate blickte auf und sah, dass Anders sie anschaute. Aber statt sie wie sonst zu hänseln, wandte er diesmal seinen Blick ab.

Als Schlittenglöckchen im Hof der Farm läuteten, stand Papa so langsam auf, als wollte er, dass die Zeit nicht zu Ende ging. Er zog seinen schweren Mantel und seine Stiefel an, dann umarmte er sie alle.

Anders schwang sich auf seine Krücken und folgte Papa in den Hof. Kate ging zögernd hinterher und blieb vor der Tür stehen.

Als er den Schlitten erreichte, blickte Papa Anders entschlossen in die Augen. »Es ist lange Zeit her, dass Mama im Winter auf einer Farm gelebt hat«, begann er. »Und Kate hat es noch nie.«

Vor Kälte zitternd, bemühte sich Kate zu hören, was er sagte, doch der Wind trug die weiteren Worte davon. Papa streckte seine Hand aus und legte sie auf Anders' Schulter. Er sprach weiter, doch Kate konnte immer noch nichts verstehen.

Anders' blonder Hinterkopf bewegte sich, als nickte er.

Papa wischte sich mit einer Hand über die Augen. *Weint er?*, fragte sich Kate. Auf diese Entfernung konnte sie es nicht sicher erkennen. Dann ertönten Papas Worte klar durch die Dezemberluft. »Du gibst acht auf Mama und Kate, nicht wahr? Und auf Tina und Lars.«

Anders straffte seine breiten Schultern und richtete sich höher auf. Die starken Arme seines Vaters schlossen sich um ihn. Dann kletterte Papa auf den Schlitten.

Sven schlug die Zügel, und die Pferde setzten sich in Bewegung. Als Papa sich umdrehte und Anders winkte, schaute er auch zum Haus. Dort erblickte er Kate und winkte noch einmal.

Sobald der Schlitten hinter der Scheune aus ihrer Sichtweite verschwand, verschwamm Kates Blick vor Tränen.

Maybelle Pendleton

Kate fröstelte und eilte zurück in die Küche. Mehr als einmal hatte sie sich kopfüber in ein Abenteuer gestürzt, manchmal mit überraschenden Ergebnissen. Doch jetzt beobachtete Kate schweigend, wie ihre Mutter sich vom Fenster wegdrehte. In der Stille schniefte Mama und eilte hinüber zum Herd.

Während Anders sich auf einen Stuhl fallen ließ, hob Mama einen Ofenring heraus. Sie schob einen Maiskolben hinein und zog den Teekessel über die Feuerstelle. Doch auch jetzt noch blieb sie mit dem Rücken zu den Kindern stehen.

»Erik kommt bald«, meinte Anders nach einiger Zeit. Erik war Anders' bester Freund.

Kate hörte es kaum. Sie schaute Mama zu.

»Er wird *bald* hier sein.« Anders drängte Kate, obwohl auch er Mama beobachtete. »Du machst dich besser fertig.«

Immer noch mit dem Rücken zu ihnen gewandt, nahm Mama den Zipfel ihrer Schürze und rieb sich erst ein Auge, dann das andere. Sie holte tief Luft und straffte die Schultern.

Als Mama sich zu ihnen umdrehte, zeigte ihr Gesicht keine Tränen. Doch in ihren blauen Augen machte sich ein Schatten bemerkbar – ein Schatten, den Kate nicht mehr gesehen hatte, seit ihr Vati O'Connell gestorben war.

Mama räusperte sich. »Ich freue mich, dass ihr helfen wollt und Fleisch für Swensons sammelt.« Ihre Stimme klang fast normal. »Sie machen eine schwere Zeit durch, in der sie ständig sehen müssen, dass ihr Geld ausreicht. Ich hoffe, sie verlieren ihre Farm nicht.«

»Josie hat eine große Familie«, bemerkte Anders schroff. »Acht Brüder und Schwestern. Neun Kinder zu ernähren ist nicht leicht.«

»Jo«, pflichtete Mama ihm bei. »Doch ich glaube, es ist mehr als das. Frau Swenson sieht oft besorgt aus. Und sie ist nicht jemand, der schnell beunruhigt ist.«

Josie Swenson war eine besondere Freundin von Kate und Anders. Ihr Vater hatte zwei Jahre lang einen Stier gemästet, um Fleisch für den Winter zu haben. Im November war der Stier gestohlen worden.

Vor zwei Tagen, am Nachmittag des Weihnachtsabends, hatten Kate, Anders und Erik das Rätsel dieses Diebstahls gelöst. Aber sie hatten auch erfahren, dass der Stier bereits verkauft wurde.

Anders griff nach seinen Krücken und stand auf. »Ich mache mich besser auf den Weg. Jede Familie, die ich gefragt habe, hat versprochen zu helfen.«

Er ließ es so klingen, als sei die Sache für ihn unwichtig, doch Kate sah seine Augen. Es war Anders' Idee gewesen, von jedem Nachbarn, der etwas geben wollte, Fleisch und andere Lebensmittel zu sammeln. Am Weihnachtstag war er in der Kirche unauffällig zu jeder Familie gegangen.

Kate beeilte sich, wärmere Sachen anzuziehen. Als Erik mit den großen Pferden von Lundgrens vorfuhr, war sie startbereit.

Während Kate hinauskam, sprang Erik vom Schlitten herunter: »Morgen, Kate«, begrüßte er sie mit todernster Miene. Eine warme Kappe bedeckte sein braunes Haar fast völlig.

»Morgen, Erik«, antwortete sie in der gleichen Tonlage.

Diese Art der Begrüßung hatten sie sich aus Spaß angewöhnt, seit Erik in der Schule am Spirit Lake das Ende ihres langen Zopfes in sein Tintenfass gesteckt hatte. Jetzt lächelte er mit leuchtenden Augen zu ihr hinunter. »Großartiger Tag für eine Fahrt!«

Kate stimmte zu. Für einen Augenblick vergaß sie, dass Papa zum Holzfällercamp zurückgekehrt war. Während sie das warme Sonnenlicht auf ihrem Gesicht spürte, lachte sie und dachte nur noch an die Fahrt über den frischen Schnee. Mit Erik zusammen zu sein, machte immer Freude.

Gemeinsam hoben Kate und Erik ein Bündel mit dem Fleisch, das Mama für Swensons abgezweigt hatte, über die hohen Seitenverschläge des Schlittens. Dann wickelte Kate noch grobes Leinen um die Ziegelsteine, die sie gewärmt hatte, und kletterte hoch, um neben Erik zu sitzen. Sie legte die Ziegelsteine neben ihre Füße, zog einen schweren Umhang über ihren Schoß und steckte ihn unter ihren Beinen fest. In dem kalten Wind würde sie über diese Wärme froh sein.

Anders warf seine Krücken hinten hinein und zog sich auf den Platz neben Kate hoch. Erik schnalzte den Pferden Barney und Beauty zu, und sie setzten sich in Bewegung, um den langen Weg zur Hauptstraße hinunterzutraben.

Der Schnee glitzerte im Sonnenlicht. Hohe Bäume warfen blaugraue Schatten. Schlittenglöckchen klingelten hell und klar in der frischen Dezemberluft.

Kate atmete tief ein. An einem Morgen wie diesem fiel es leicht zu glauben, dass man in Nordwest-Wisconsin gut leben konnte. In Minneapolis waren Sarah Livingston und Michael Reilly ihre besten Freunde gewesen. Hier hatte Kate gelernt, auf Anders, Josie Swenson und Erik Lundgren zu zählen. Das Beste von allem war: Kate hatte begonnen, sich dazugehörig zu fühlen.

Jetzt, wo Mama es nicht hören konnte, hatte Kate eine Frage an Anders. »Wird es Papa gut gehen?«

Anders schaute sie an, als hätte er die Absicht, eine beißende Bemerkung zu machen. Dann wurde sein Blick ernst, und Kate erinnerte sich daran, dass er sie niemals belügen würde.

»Ich hoffe es«, antwortete er, wobei seine Stimme sich nicht so sicher wie gewöhnlich anhörte. »Ich hoffe es sehr.«

Erik schlug mit den Zügeln, und die Pferde begannen schneller zu traben. »Da hattest du eine wirklich gute Idee«, sagte er zu Anders. »Ich meine, Swensons Lebensmittel zu bringen.«

»*Großartige* Idee!«, erwiderte Anders mit seinem schiefen Lächeln, wobei er Kate zuzwinkerte.

»Du magst meine Ideen, nicht wahr, Kate?«

»Jo, klar, großer Bruder.«

»Weißt du noch, wie ich dafür gesorgt habe, dass die Schulglocke nicht läutete?«

Kate lächelte, als sie sich daran erinnerte, was er mit der Glocke der Schule am Spirit Lake angestellt hatte. Das war eine gute Idee gewesen.

»Und dein erster Tag in der Schule hier. Erinnerst du dich, kleine Schwester?«

Kate zog die Stirn kraus. »Nur weil ich für mein Alter klein bin, bin ich *nicht* deine kleine Schwester!«

»Erinnerst du dich, wie ich dir über den Baumstamm beim Bach geholfen habe?«

»Geholfen? Alles klar!«, lachte Kate. »Du warst die größte Hilfe, die ich je erlebt habe!«

Anders tat so, als habe er es nicht gehört. »Und erinnerst du dich daran, wie ich mal mit Wildfire zu schnell gefahren bin?«

»Mal?«, rief Kate aus. »*Vielmal* meinst du!« Sie fühlte sich unbehaglich und fragte sich, was Anders als Nächstes tun würde. Kate hoffte, ihn davon abzulenken, etwas Neues auszuhecken, darum wechselte sie das Thema. »Wir bekommen heute bestimmt Josies neues Kätzchen zu sehen.«

Erik grinste. »Das Kätzchen, das immer verschwindet? Vielleicht kannst du ja auch dieses Geheimnis lüften.« Obwohl Josie das Kätzchen nie nach draußen ließ, konnten Swensons Calico manchmal einfach nicht finden.

Den ganzen Morgen fuhr Erik von einer Farm zur anderen, um Lebensmittel zu sammeln. Es war bereits Nachmittag, als er, Kate und Anders auf die andere Seite der Schule am Spirit Lake gelangten. Erik ließ die Pferde von der Straße in einen weiteren Farmhof einbiegen.

»Wer wohnt hier?«, fragte Kate.

»Maybelle«, erklärte Anders, als mache er eine große Ankündigung. »Maybelle Pendleton.«

»Pendleton?«, fragte Kate. »Sie ist sicher keine Schwedin.« Anders grinste zu Erik hinüber. »Nur Halb-Schwedin. Aber diese Hälfte ist recht hübsch.«

Eriks Nacken lief rot an, er blickte jedoch stur geradeaus.

Kate schaute von einem zum anderen. Etwas verstand sie nicht. »Wer ist Maybelle Pendleton? Wie kommt es, dass ich noch nie etwas von ihr gehört habe?«

»Sie und ihre Familie sind erst kürzlich wieder hierher zurückgekommen«, erklärte Anders. »Sie waren für eine Weile fortgezogen, wollten aber zurück nach Burnett County.«

»Aber wenn sie gerade erst hierhergezogen sind, warum bringen wir *ihnen* dann kein Essen?«

»Maybelle lebt hier bei ihrem Großvater und ihrer Großmutter.« Anders sprach die Worte so gedehnt aus, als würde er einem Kind etwas erklären. »Ihr

Papa versucht, Arbeit bei der Eisenbahn zu bekommen.«

»Wie alt ist sie?«, fragte Kate.

»Zwölf, dreizehn«, antwortete Anders. »Sie war in unserer Klasse am Spirit Lake. Zu schade, dass wir bis April keine Schule haben. Stimmt's, Erik?«

Erik, der langsam die Pferde zügelte, beachtete Anders nicht. Bis jetzt war Kate traurig gewesen, dass bis zum Frühling keine Schule war. In diesem Augenblick änderte sie ihre Meinung.

»Jup, das ist es wirklich«, fuhr Anders fort. »Maybelle hat ihre guten Freunde von Burnett County sicherlich vermisst.«

Das Rot stieg von Eriks Nacken in sein Gesicht. »Ach Unsinn, Anders«, grollte er. »Spring in einen See – am besten in einen gefrorenen!«

Als er die Pferde anhielt, schien Erik froh zu sein, sich hinunterschwingen und sie an ein Geländer binden zu können.

Während Anders im Schlitten wartete, folgte Kate Erik auf dem Weg zum Haus hinauf. Seit sie ihn kannte, hatte Erik ihr besondere Aufmerksamkeit geschenkt. Doch jetzt fühlte sie sich unbehaglich.

Wer ist diese Maybelle Pendleton?, fragte sie sich erneut. Sie hatte das Gefühl, dass sie es am liebsten gar nicht erfahren wollte.

Stretch!

Die Tür des Farmhauses öffnete sich, als ob jemand nach ihnen Ausschau gehalten hätte. Niemand von den Großeltern stand da, sondern Maybelle selbst. Das musste Kate niemand sagen.

»Erik!«, schrie das Mädchen auf, und wieder lief Erik rot an, fast so rot wie die langen Zöpfe des Mädchens.

Kate hatte schon immer das Haar von Lars gemocht, und Maybelles Zöpfe waren sogar von einem noch tieferen Rot – einem Rot, für das Kate kaum eine Beschreibung fand. Sie wusste nur: Sie hatte noch nie so dickes, schönes Haar gesehen.

»Maybelle, das ist –« Erik stolperte fast über die Worte. »Das ist Kate –« Er hielt inne, als versuche er, sich an Kates Nachnamen zu erinnern.

Dann lächelte er scheinbar erleichtert, dass er ihm einfiel. »Kate O'Connell.« Seine Stimme klang zu laut. »Kate, das ist Maybelle Pendleton.«

Zum ersten Mal, seit Kate ihn kannte, schien Erik die Sprache zu versagen. Kate wünschte sich bereits, sie hätte nie etwas von Maybelle Pendleton gehört. Als Kate versuchte zu lächeln, war ihr Gesicht steif, und ihre Worte klangen noch steifer. »Ich freue mich, dich kennenzulernen.«

»Schön, dich wieder hier zu sehen, Maybelle«, erklärte Erik, nicht länger stotternd.

»Kommt herein und wärmt euch auf«, bot Maybelle ihnen an, doch sie schaute dabei nur Erik an.

»Oh, uns ist nicht kalt«, erwiderte Kate schnell. »Wir sind auf dem Weg zu Swensons. Wir sind bald da.«

»Aber Anders friert vielleicht.« Erik schaute Kate nicht an. »Mit seinem kranken Fuß und allem. Jup, ich bin mir sicher, ihm ist kalt.«

Bevor Kate Zeit hatte, sich zu rühren, rief Erik schon nach Anders, und dieser kam zum Haus.

Drinnen war die Luft warm und einladender, als Kate lieb war. Maybelles Mutter und Großeltern besuchten einen Nachbarn, doch Maybelle rührte Kakao, Zucker und Milch zusammen. Den Kessel setzte sie auf den heißesten Teil des Herds.

Kate ließ sich auf einen Stuhl fallen, aber ihre Blicke folgten Maybelle. Während das Mädchen in der Küche herumhantierte, wirkte sie bei jedem Schritt und bei allem, was sie tat, sehr selbstsicher.

Maybelle war schlank und von mittlerer Größe. Sie besaß dunkle Wimpern und tief dunkelbraune Augen. Am beeindruckendsten aber war Maybelles Haar. Kate fragte sich, wie man es beschreiben könnte.

Während die Jungen sich mit Maybelle unterhielten, dachte Kate darüber nach. Dann fiel es ihr ein. Ihre Mutter war Schneiderin in Minneapolis gewesen, bevor sie Papa Nordstrom geheiratet hatte. Einmal beschrieb sie ein Kleid, das die Farbe von Maybelles Haar besaß. Ein kräftiges rötliches Braun.

Rostbraun. So hatte Mama es genannt. Rostbraun! Die Farbe von Eichenblättern im Herbst.

Da lachte Maybelle, ein weiches, hell klingendes Lachen, als schlage ein Löffel gegen ein Glas. Die Jungen lachten mit ihr, und Kate bemerkte, dass sie gar nicht gehört hatte, was sie miteinander geredet hatten. Sie selbst hatte noch kein Wort gesprochen, seit sie den Raum betreten hatte.

Maybelle schien das nicht zu kümmern. Sobald der Kakao fertig war, goss sie ihn in eine Kanne. Als sie zum Tisch zurückkam, goss sie ihn vorsichtig in Eriks Tasse. Dann stolzierte sie um die Stühle herum, um Kakao für Anders einzuschenken. Dabei vergoss sie keinen Tropfen.

Doch als Kate ihre Tasse hob, beugte Maybelle sich über den Tisch und goss schnell ein. Die heiße Flüssigkeit schoss über den Rand der Tasse und floss auf Kates Schoß.

Kate sprang auf, wobei sie ihr Kleid von sich weghielt und ausschüttelte.

»Oh, das tut mir leid!« Maybelles Stimme klang süß wie Honig, der von einer Wabe tropft. »Hab ich dir wehgetan?«

»*Mir wehgetan*? Dieser Kakao ist *heiß*!« Kate hielt die vordere Seite ihres Rocks vom Körper weg.

»Hey, Kate, hör auf!«, rief Anders. »Maybelle konnte nichts dafür.«

»Es war nur ein Missgeschick«, stimmte Erik zu.

Aber Kate blickte in Maybelles dunkle Augen – Augen, die nicht annähernd so besorgt aussahen, wie ihre süße Stimme klang. Jetzt war sich Kate sicher, dass Maybelle den Kakao absichtlich vergossen hatte.

»Ein *Missgeschick*!«, rief sie, während sie den vorderen Teil des Rocks hin und her wedelte. »Ha!«

»Hör auf, Kate!«, zischte Anders mit leiser Stimme.

Kates Temperament loderte auf. »*Ich* soll aufhören? *Sie* hat angefangen!«

Sowohl Anders als auch Erik blickten verlegen. Als Maybelle zum Herd ging, zwickte Anders Kate in den Ellenbogen. Zum ersten Mal, seit sie ihn kannte, schien er schockiert über ihr Benehmen zu sein.

»Kate, reiß dich zusammen!«, flüsterte er heiser.

Kate warf ihren langen Zopf über die Schulter und starrte Anders an. Schließlich setzte sie sich wieder und bemühte sich, ruhig zu bleiben. *Merken sie wirklich nicht, was Maybelle tut?*, fragte sie sich.

Maybelle lächelte süß und schaute auf Kate hinunter, als könnte sie dieses seltsame, rückständige Mädchen nicht begreifen. Erik und Anders starrten Kate an, als habe sie den Verstand verloren.

Danach waren selbst die Jungen bereit zu gehen. Kate war froh. Sie konnte es kaum erwarten, aus dem Haus und weg von Maybelle zu kommen. Aber als sie zur Tür gingen, drehte Erik sich um und fragte: »Warum kommst du nicht mit uns zu Swensons?«

Maybelle brauchte nicht einmal eine Minute, um Mantel und Handschuhe anzuziehen. Als Erik den Pfad hinunterschlenderte und Anders hinunterhumpelte, wusste Kate, dass sie absolut nicht gewonnen hatte.

Sobald Maybelle den Schlitten erreichte, sprang sie hinauf und setzte sich auf den Platz zwischen Erik und Anders. Kate griff nach dem schweren Umhang und warf ihn auf das Stroh hinter dem Sitz.

Dann kletterte sie am Ende des Schlittens hoch und um die Lebensmittel herum. Der nasse Rock klatschte gegen ihre Beine. Sie würde den Rest der Fahrt frieren, doch ihr Elend saß tiefer.

Als Erik die beiden Pferde Barney und Beauty antrieb, jagten Wolken über den Himmel. Es dauerte nicht lange, und diese Wolken wurden dunkler und rutschten vor die Sonne.

Kate fror noch mehr. Fröstelnd zog sie den Umhang bis über den Kopf. Selbst dann noch hörte sie Maybelle mit den Jungen sprechen.

Die Fahrt zu Josie schien eine Ewigkeit zu dauern. Durchgefroren bis auf die Knochen nahm Kate sich vor: Sie wollte unbedingt Josies Kätzchen sehen, das immer wieder verschwand. Seit dem Tod der Katzenmutter hatte Josie das Kätzchen gefüttert, um es am Leben zu erhalten.

Schließlich, als es Kate wieder wärmer war, spürte sie, dass der Schlitten eine Kurve machte. Wie eine Schildkröte, die aus ihrem Panzer lugt, steckte Kate den Kopf unter dem Umhang hervor. Sie stand auf und blickte über die hohen Seitenverschläge des Schlittens. Die Pferde waren in Swensons Einfahrt eingebogen.

Gerade kam ein großer Mann aus dem Haus. Er beugte seinen Kopf vor, um durch die Tür zu kommen.

»Big Gust!«, schrie Kate und brach ihr langes Schweigen.

Big Gust, der größte Mann von ganz Wisconsin, reckte sich 2,28 Meter hoch. Als er sich aufrichtete, reichte sein Kopf weit über die Tür hinaus. Der Dorfmarshal von Grantsburg hatte Kate und Anders schon mehr als einmal geholfen.

Dann gesellte sich an der Tür noch jemand anders zu Big Gust: ein dünner Junge mit lockigem Haar. Stretch!

Stretch war älter als Kate, Anders und Erik und hatte einen schlechten Ruf. Normalerweise lächelte er und sah aus, als gehöre ihm die Welt. Als der große blonde Junge jetzt den Schlitten erblickte, wich er jedoch zurück und versteckte sich fast hinter Big Gust.

Der Dorfmarshal legte seine große Hand auf Stretchs Schulter. Er schien auf Kate, Maybelle und die anderen zu warten.

Kate sprang vom Schlitten herunter. Das feuchte Kleid klebte an ihren Knien. Der Rock fühlte sich unter ihrem Wollmantel klamm an.

Als Kate Stretch in der Schule am Spirit Lake zum ersten Mal traf, hatte sie ihn gemocht. Auch die meisten anderen Kinder konnten ihn gut leiden. Aber Anders nicht. Anders und Erik hatten dem großen blonden Jungen nie getraut. Ihretwegen tat es auch Lars nicht.

Jetzt zögerte Kate, mit Stretch zu sprechen. Als sie die Tür erreichte, schien er noch verlegener als sie zu sein.

»Hallo, Kate«, sagte er. Er schien sich zum Sprechen zu zwingen und blickte dabei zur Seite.

»Hallo, Stretch«, erwiderte sie und überlegte, was sie als Nächstes sagen könnte.

Big Gust half ihr aus der Klemme. »Stretch und ich hatten ein schönes Weihnachtsfest zusammen.«

Stretch schaute zu dem Riesen hoch und lächelte. »Jup! Ihre *kleine* Schwester ist eine große Köchin!«

»Jo«, antwortete Big Gust mit seinem schwedischen Akzent. »Du wirst ordentlich was auf die Rippen bekommen, während dein Vater weg ist.«

Seine Hand ruhte immer noch auf Stretchs Schulter, dann wandte sich der Marshal an die anderen. »Herr Swenson hat Stretch gebeten, hierzubleiben und für sie zu arbeiten.«

»*Hier?*«, fragte Kate, die Worte sprudelten hervor, bevor sie überlegte. »Stretch wird hier bei *Swensons* bleiben?«

Ein Schatten huschte über Stretchs Gesicht. Wieder wich er zurück.

Augenblicklich taten Kate ihre Worte leid. Big Gust klopfte ermutigend auf Stretchs Schulter.

»Dieser Junge wird eine neue Seite in seinem Leben aufschlagen. Er wird sein Leben in Ordnung bringen und etwas aus sich machen.«

Stretch lächelte. Der Schatten aus seinen Augen

verschwand, und Kate erinnerte sich, warum sie Stretch anfangs gemocht hatte.

Einen Augenblick schien er zu glauben, dass die Worte des Marshals wahr werden könnten. Doch dann blickte der große Junge zu Anders.

Statt »Hallo« zu sagen, wandte Anders ihm bewusst den Rücken zu.

Der Schatten kehrte in Stretchs Augen zurück.

Kate vergaß ihr feuchtes Kleid. Sie vergaß sogar, wie sie sich fühlte, als Maybelle sie »auf ihre Art« behandelt hatte. Stattdessen wünschte Kate, sie könnte die Dinge zwischen Stretch und all den anderen in Ordnung bringen.

Gerade da kam Herr Swenson mit ein paar langen Stangen aus der Scheune. Als der Marshal ihn sah, verließ er die Kinder. »Ich habe Henry versprochen, mit anzupacken.«

Anders lächelte. »Wenn Big Gust mit anpackt, kann nichts mehr schiefgehen. Lasst uns zuschauen.«

Anders zog seine Krücken vom Schlitten und humpelte davon. Die anderen folgten.

Jenseits des Hofs standen Herr Swenson und zwei Nachbarn neben einem kleinen Blockhaus. Kate und die anderen beobachteten, wie ein Mann das Ende einer starken Stange unter das Gebäude schob. Ein anderer Mann rollte einen runden Stamm an Ort und Stelle. Die Männer benutzten den Stamm als Drehpunkt und drückten die Stange nach unten. Nichts geschah.

»Was machen sie da?«, fragte Kate.

»Sie versuchen, das Blockhaus zu verschieben«, erklärte Erik ihr.

»Einen Augenblick«, rief Herr Swenson, als Big Gust zu ihnen kam. »Wir bekommen eine gute Hilfe.«

Als die Männer den Marshal sahen, grinsten sie und traten zurück.

Big Gust schlenderte hinüber zum Blockhaus. Als koste es ihn keine Anstrengung, drückte er die Stange hinunter. Diese Seite des Gebäudes hob sich dreißig Zentimeter vom Boden.

Anders lachte. »Absolut kein Problem für ihn!«

»Haltet sie fest!«, forderte Big Gust die beiden Männer auf.

Diese bezogen auf beiden Seiten von Big Gust Stellung und hielten die Stange unten. Der Marshal ließ los. Das Ende der Stange flog mit den Männern, die noch daran hingen, in die Höhe. Während sie mitten in der Luft baumelten, krachte das Gebäude zu Boden.

Noch einmal nahm Big Gust seinen Platz ein und stemmte das Gebäude hoch. Als die Männer an seine Seite kamen, rief Gust die Jungen. »Kommt her! Fasst mit an!«

Anders humpelte hinüber, ließ seine Krücken fallen und balancierte auf einem Fuß. Erik und Stretch folgten und stellten sich neben die Männer auf die Stange. Alle fünf hielten die Stange unten und das Gebäude oben. Big Gust schob einen schweren Balken als Bremsklotz unter diese Seite.

Als das Gebäude sich auf den Bremsklotz senkte, schritt der Riese um das Gebäude herum auf die andere Seite. Noch einmal schob Big Gust eine Stange unter die andere Seite des Blockhauses. Es dauerte nicht lange, und auch sie ruhte auf einem Bremsklotz. Das Gebäude konnte nun von Pferden über den Schnee gezogen werden.

Nachdem die schwere Arbeit getan war, winkte Big Gust zum Abschied und fuhr davon.

Herr Swenson wandte sich Anders und Erik zu. »Kann ich etwas für euch tun, Jungs?«

Anders schüttelte den Kopf. »Wir sind gekommen, um *Ihnen* zu helfen.« Er schwang sich über den Hof und führte Herrn Swenson zum Schlitten.

Alle kamen hinterher, außer Stretch. Als Kate zurückschaute, war er in kurzer Entfernung stehen geblieben und horchte.

»Wir bringen das hier«, erklärte Anders stolz. »Es ist von all Ihren Nachbarn.« Er beugte sich in den Schlitten und nahm eins der gefrorenen Pakete Fleisch heraus, das sorgfältig in Zeitungspapier gewickelt war.

»Für mich?«, fragte Herr Swenson, der nicht wusste, was er sagen sollte.

»Nicht nur das Stück«, sagte Erik. »Alles hier.« Er zeigte zum Schlitten, der mit Fleisch und anderen Lebensmitteln voll beladen war.

»Für uns? Jo?« Herr Swenson schien es kaum glauben zu können, dass man ihn so beschenkte. »Für meine Familie? *Tack! Tack!*«

Seine Worte klangen wie das Ticken einer Uhr, doch Kate wusste: Es war das schwedische »Danke«.

»Als Ausgleich für den Stier, der gestohlen wurde«, erklärte Anders.

Aus einem Augenwinkel sah Kate, wie Stretch steif wurde. Als sie sich umdrehte, starrte er sie mit zornigen Augen an.

Im nächsten Augenblick wirbelte Stretch herum. Mit langen Schritten eilte er zur Scheune. Als er die Tür erreichte, schaute er nicht zurück.

Der unerwünschte Besucher

Kate starrte zu Boden und wünschte sich, sie müsste niemanden ansehen. Das Schweigen zog sich in die Länge.

»Was ist los?«, fragte Maybelle. Doch keiner antwortete.

»Stretch hat seinen Stolz«, erklärte Herr Swenson schließlich. »Aber er wird ein guter Mann werden, dieser Junge. Jo, er wird ein guter Mann werden.«

»Stretch?« Erstaunt schaute Kate auf. So sehr sie sich wünschte, dass sich Stretchs Lage besserte, so schwer fiel es ihr doch zu glauben, dass er ein guter Mann würde.

»Jo, *Stretch*«, bestätigte Herr Swenson mit fester Stimme. »Jo, bestimmt«, wiederholte er, um sicherzustellen, dass Kate es verstand. »Wenn wir an ihn glauben, wird er ein guter Mann werden. Du wirst sehen. Und ich möchte, dass ihr drei – Anders, Erik und Kate – ihm dabei helft.«

Herr Swenson beachtete Maybelles verdutzten Blick nicht und drehte sich wieder zum Schlitten um. »Nun. Meine Familie und ich sagen *tack*. Es ist zu viel. Viel zu viel. Wir danken euch von ganzem Herzen.«

Kate war sich sicher: Hätte Herr Swenson einen Anzug angehabt, er hätte sich verbeugt. Sein schwedisches »Danke« klang wie das »Tack« einer Uhr.

Nun ging Herr Swenson zu jedem von ihnen und schüttelte ihnen die Hand. Als er zu Kate kam, lag ihre kleine Hand ganz verloren in seiner großen. Herr Swenson schüttelte sie herzlich.

»Mathilda!«, rief er. »Komm, Mathilda! Fleisch für den Winter! Fleisch von diesen guten Jungen!« Er blickte zu Kate. »Und von diesem guten Mädchen.«

Nicht nur Frau Swenson, sondern eine ganze Reihe von Kindern purzelte aus dem Haus. Josie, die schüchtern lächelte, führte ihre acht Brüder und Schwestern an.

Kate kannte einige Kinder von der Schule, doch es war das erste Mal, dass sie alle zusammen sah. In einer Reihe sahen sie wie Treppenstufen aus, jede ein bisschen niedriger als die vorhergehende.

Vor Stolz strahlend stellte Herr Swenson sie Kate und Maybelle vor. »Josie kennt ihr.«

Josie lächelte Kate zu, in Maybelles Richtung nickte sie nur. In ihren Armen hielt Josie ein kleines Kätzchen.

»Jacob und Joshua, Jonah und Jesse«, sagte Herr Swenson, als jedes Kind vortrat. »Jethro und James.«

Herr Swenson machte eine Pause, um Atem zu holen. Ein kleines Mädchen war die Nächste in der Reihe. »Und das ist Rebecca.« Mit hellbraunem Haar, haselnussbraunen Augen und Sommersprossen über der Nase sah sie wie eine dreijährige Josie aus.

»Ah, und hier ist Jennifer«, erklärte Herr Swenson. Dabei wandte er sich seiner Frau und dem Baby auf ihrem Arm zu.

»Ihr seid so lieb, diese Nahrungsmittel zu bringen!«, rief Frau Swenson. »Es ist zu viel! Viel zu viel!« Ihre Augen leuchteten vor Dankbarkeit.

Erik und Josies ältere Brüder halfen Herrn Swenson, das Fleisch in die Sommerküche zu tragen. Das kleine Gebäude, das bei heißem Wetter zum Kochen benutzt wurde, war während des Winters nicht beheizt. Das Fleisch würde bis zum Frühling gefroren bleiben.

Kate folgte Josie ins Farmhaus. Das Erdgeschoss sah aus wie zwei Räume, die zu einem T zusammengesetzt waren. Der obere Teil des T, ursprünglich ein Blockhaus, diente jetzt als großer Bereich zum Sitzen und Essen. Der spätere Anbau, eine große Küche, dehnte sich nach hinten aus. Entlang der Wand, wo die beiden Räume aneinanderstießen, führte eine Treppe zum oberen Geschoss mit drei Schlafzimmern.

Kate fror in ihrem feuchten Kleid, deshalb ging sie zum Holzherd hinüber und streckte die Finger vor, um ihre Hände zu wärmen. Josie zeigte ihr das neue Kätzchen. Calico war grau, weiß und rötlich gefleckt und besaß grüne Augen. Als Kate das weiche Fell streichelte, schnurrte das Kätzchen.

Kate kraulte es liebevoll zwischen den Ohren. »Ist es das Kätzchen, das immer verschwindet? Es sieht viel zu fröhlich aus, um zu verschwinden.«

»Calico mag dich!« Josie lachte und gab Kate das Kätzchen. »Doch warte ein bisschen. Wenn irgendetwas sie ängstigt –«

Gerade da kam Josies dreijährige Schwester in die Küche gelaufen.

»Sei lieb zu dem Kätzchen, Becca«, ermahnte Josie sie. Das kleine Mädchen berührte das Kätzchen leicht. »Süß. Süßes Kätzchen.«

Calico warf einen Blick auf Becca und kuschelte sich tiefer in Kates Arme. Kate streichelte den Rücken des Kätzchens, bis Calico ruhig wurde.

»Kommt, lasst uns Milch trinken und Plätzchen essen«, schlug Josie vor, und Kate entfernte sich vom Ofen. Als sie sich hinsetzte, machte das Kätzchen es sich leise schnurrend auf ihrem Schoß bequem.

Einen Augenblick später kam Maybelle zur Tür herein.

Calico hob den Kopf und blickte sich um. Schon sprang sie auf den Boden und schoss in den vorderen Raum davon.

Kate sprang auf und lief hinter ihr her, aber das Kätzchen war nirgends mehr zu sehen. »Wo ist sie hingelaufen?«, fragte Kate Josie. »Wie kann sie so plötzlich verschwinden?«

Die beiden suchten in dem großen, offenen Raum unter und hinter jedem Möbelstück. Sie suchten am Kamin, am großen Ofen und unter den Regalen daneben. Kate durchsuchte sogar die Zweige des Weihnachtsbaums, der in der Nähe des Fensters stand. Doch sie fanden von dem Kätzchen keine Spur.

»Siehst du jetzt, was ich meine?«, fragte Josie. »Manchmal verschwindet sie einfach.«

Kate fand es schwer zu glauben, dass das Kätzchen wirklich fort war. »Kann Calico nach draußen kommen? Es ist schrecklich kalt, und wenn sie ihren Weg nicht wieder nach drinnen finden würde …«

Josie blickte besorgt. »Genau das ist es, was mir Sorgen macht. Aber ich kann nirgends ein Loch entdecken. Ich weiß nicht, wo sie hinauskönnte.« Sie deutete mit dem Kopf zur Eingangstür, die vom Wohnzimmer nach draußen führte. »Siehst du? Sie ist geschlossen.«

»Können wir noch irgendwo anders suchen?« Doch schon während Kate fragte, wusste sie: Sie hatten jede infrage kommende Stelle abgesucht.

Josie führte Kate zum Weihnachtsbaum zurück. »Ich möchte dir etwas zeigen.« Sie griff unter die Zweige und nahm ein geöffnetes Geschenk hoch, das immer noch in seine Verpackung aus Zeitungspapier gewickelt war. »Schau, was ich zu Weihnachten bekommen habe!« Sie hielt einen langen Wollschal hoch. »Mama hat ihn für mich gestrickt.«

Als sie den tiefroten Schal sah, freute Kate sich für ihre Freundin. »Eine schöne Farbe!«

Josie strich über die weiche Wolle. »Und ich habe einen Apfel bekommen und Süßigkeiten von den Leuten in der Kirche. Was hast du zu Weihnachten bekommen?«

Kate hatte einen Schal, Handschuhe und dazu noch ein Blatt für Orgelmusik und einen Apfel bekommen. Sie wollte nicht, dass ihre Freundin traurig würde. »Du wirst richtig gut aussehen mit der

Farbe«, antwortete sie schnell und hoffte, Josie würde nicht noch einmal fragen.

In diesem Augenblick kamen Maybelle und die Jungen herein und halfen, das Kätzchen zu suchen. Auch sie hatten keinen Erfolg.

Aber Kate wollte nicht aufgeben. »Wenn Calico die ganze Nacht draußen bleibt, würde sie dann erfrieren?«, fragte Kate.

»Jup«, antwortete Anders. »Wenn sie keinen warmen Platz findet. Es könnte sie auch ein wildes Tier erwischen.«

Erik blickte zu Josie. »Aber das Kätzchen ist nicht draußen. Alle Türen sind geschlossen.«

Als Kate Josies Gesicht sah, bemerkte sie, dass es ein Fehler war, diese Frage zu stellen. Sie versuchte, ihre Freundin zu beruhigen. »Und die Türen waren geschlossen, als Calico verschwand.«

Josies haselnussbraune Augen mit den langen dunklen Wimpern schauten immer noch beunruhigt. »Also haben wir ein neues Rätsel zu lösen. Vielleicht können wir auch das herausfinden.«

»Der Fall des verschwindenden Kätzchens!«, sagte Anders scherzhaft.

Doch Kate hatte ein unbehagliches Gefühl. Sie mochte Calico und wollte nicht, dass ihr etwas zustieß. »Sie ist nur ein Kätzchen. Wo könnte sie hingehen?« Sie fragte sich: *Ist hier irgendwo ein kleines Loch – ein Loch, durch das Calico nach draußen schlüpfen könnte?*

Kurz darauf klingelten Schlittenglöckchen im

Hof. Ein gutes Zweiergespann grauer Pferde zog einen neuen Schlitten bis zu dem Geländer, an dem man die Pferde anschirrte.

Durch das Fenster sah Kate, wie ein Mann von dem kleinen Schlitten sprang. Unter seiner Seehundfellkappe schaute sein frisch geschnittenes Haar hervor. Ein dicker Schnurrbart bedeckte seine Oberlippe. Als er die grauen Pferde an das Geländer band, ging sein langer Waschbärfellmantel auf und gab den Blick auf einen schwarzen Anzug frei.

Der Mann schaute sich kurz um, als gefalle ihm, was er sah. Dann kam er auf das Haus zu.

»Oh, nein!«, murmelte Josie. »Leonard Harris. Ich muss Papa holen.«

Sie eilte in die Küche und schlüpfte zur Hintertür hinaus.

Kurz darauf pochte der Mann an die Eingangstür.

Frau Swenson trocknete ihre Hände an der Schürze ab und kam in den Raum geeilt. Sie wartete einen Augenblick, atmete tief ein, dann öffnete sie die Tür. »Guten Tag, Herr Harris.«

»Guten Tag, Frau Swenson. Wo ist Ihr guter Mann?«

»Er wird gleich hier sein.« Frau Swenson klang atemlos. »Kommen Sie herein, kommen Sie herein.«

Herr Harris zog seine Seehundfellkappe und seinen langen Waschbärfellmantel aus und reichte sie Frau Swenson. Während er sich hinsetzte, schaute er sich um – wieder schien ihm zu gefallen, was er sah.

Warum benimmt er sich so, als ob ihm alles gehört?,

fragte sich Kate. In dem gut aussehenden Gesicht wirkten die Augen des Mannes kalt.

Kurz darauf kam Herr Swenson herein. Er bot dem Fremden die Hand, aber sein Lächeln war steif. Als Kate, Anders, Erik und Maybelle in die Küche gingen, schloss sich die Tür fest hinter ihnen zu.

Was immer Herr Harris zu sagen hatte, dauerte nicht lange. Innerhalb von fünf Minuten sah Kate ihn zu seinem Schlitten schlendern, mit einem zufriedenen Lächeln auf dem Gesicht. Als seine großen grauen Pferde sich vom Geländer entfernten, schlängelte sich eine große schwarze Peitsche hoch und knallte über ihren Köpfen.

Mehrere Minuten verstrichen, bis sich die Tür des anderen Raumes wieder öffnete. Als Josie in die Küche kam, hörte Kate Frau Swensons feste Stimme. »Jo, wir beten.«

Josie sah mitgenommen und blass aus, als halte sie Tränen zurück. »Dieser schreckliche Herr Harris will uns unsere Farm wegnehmen«, flüsterte sie verzweifelt. »Und Papa fürchtet, er wird es wirklich tun!«

Josies Geheimnis

Wer ist Herr Harris?«, fragte Kate.

»Ein Geldverleiher, ein Wucherer!«, antwortete ihre Freundin. Josies Augen funkelten vor Zorn.

»Was ist das?«, fragte Kate.

»Ein Betrüger«, erklärte Erik. »Wenn jemand Geld verleiht, berechnet er Zinsen für dieses Geld. Aber ein Wucherer berechnet zu hohe Zinsen.«

»Und macht es damit schwer, das geliehene Geld zurückzuzahlen?«, fragte Kate.

»Er macht es *unmöglich*!«, rief Erik mit besorgter Stimme aus. »Die Leute verlieren dadurch ihre Farm.«

Kate fragte sich, ob Erik an seine eigene Familie dachte. Einige Monate zuvor waren Lundgrens gezwungen gewesen, in das kleine Haus in der Nähe des Spirit Lake zu ziehen.

»Hat dein Vater überhaupt Geld?«, fragte Kate Josie.

Das Mädchen schüttelte den Kopf. Josie blickte jetzt nicht mehr zornig, sondern betrübt. »Ich weiß nicht, was wir tun sollen. Wenn wir nicht am 25. Januar eine große Zahlung leisten, wird Herr Harris uns unsere Farm wegnehmen.«

»Bis dahin ist es kaum noch ein Monat!«, rief Kate. Auch sie empfand Furcht und Ärger.

In dieser Nacht schlief sie mit dem Gedanken

an Josie und ihre Familie ein. Als Kate am nächsten Morgen aufwachte, fühlte sie sich elend. Zuerst fragte sie sich, was geschehen war.

Dann erinnerte sie sich an Herrn Harris und seinen makellosen Anzug. Sie dachte daran, wie er um sich geblickt hatte, als ob ihm schon alles gehöre, was die Swensons besaßen.

Im Vergleich dazu wurde Maybelles Verhalten unwichtig. Dennoch: Erik war immer Kates besonderer Freund gewesen. Empfand er jetzt nicht mehr so?

Jedes Mal, wenn Kate darüber nachdachte, tat es ihr weh. An einer kleinen verborgenen Stelle schmerzte es sie, als hätte sie einen eitrigen Zahn.

Gegen zehn Uhr an diesem Morgen klopfte Erik an die Tür des Farmhauses von Windy Hill. »Komm, lass uns Skifahren gehen«, schlug er vor, und Kates ganzer Schmerz war wie weggeblasen.

»Du weißt, ich kann nicht«, brummelte Anders.

»Aber Kate kann.« Erik lächelte ihr zu. »Lass uns gehen.«

Kate konnte es kaum erwarten, nach draußen zu kommen. Sie hatte gut Skifahren gelernt, seit Erik für sie Skier gemacht hatte.

Schnell zog sie ihren warmen Mantel, den langen Schal und die Handschuhe an. Es war ein strahlender, wunderschöner Tag. Vielleicht hatte sie sich Eriks Verhalten Maybelle gegenüber ja nur eingebildet.

»Wartet einen Augenblick«, rief Anders, als sie zur Tür hinausgingen. »Ich reite auf Wildfire. Lasst uns nachsehen, wie es Josie geht.«

Während Erik die Stute aus der Scheune führte, ließ Kate ihren Stiefel in die Bindung des einen Skis rutschen. Erik hatte die Bindungen aus altem Zaumzeug und gebrauchten Schnallen angefertigt. An einem Ski war das dünne Metall verbogen.

Vorsichtig zog Kate den Riemen hindurch und versuchte dabei, keinen Druck auf die Schnalle auszuüben. Dann beobachtete sie, wie Erik das Zaumzeug über Wildfires Kopf gleiten ließ.

Das Fell der Stute sah schwarz und glänzend aus, ihre Socken weiß und sauber. Im November hatte Papa die großen Arbeitspferde zum Holzfällercamp mitgenommen. Während dieser Monate war Wildfire ihr einziges Transportmittel, wenn sie nicht laufen wollten.

Anders hatte vor, ohne Sattel zu reiten. Erik rollte einen Baumstumpf zu seinem Freund hinüber.

Anders stützte sich auf Eriks Schulter, eine Krücke und seinen gesunden rechten Fuß und hievte sich auf den Baumstumpf.

Nachdem Erik Wildfire an seine Seite gebracht hatte, gelang es Anders, auf den Rücken der Stute zu klettern. Erik reichte Anders die Krücken hoch.

Als Wildfire loslief, stieß Anders' verletzter Knöchel gegen das Pferd. Kate sah, dass Anders die Zähne zusammenbiss, und vermutete, dass er Schmerzen hatte. Doch Anders ritt weiter. Wildfire warf den Kopf in die Höhe und tänzelte mit wehendem Schweif über den Hof.

Vom Rand des steilen Hügels, der in der Nähe

des Farmhauses lag, blickte Kate über den Rice Lake. Jenseits der schneebedeckten Hügel lag die Stadt Trade Lake.

Noch weiter, ungefähr vier Meilen vom Farmhaus entfernt, befand sich die Siedlung Four Corners. Dorthin ging Kate jede Woche, um Orgelstunden zu nehmen. An solchen Tagen hielt sie es durchaus für möglich, dass sie eine große Organistin werden könnte, wie sie es sich vorgenommen hatte.

Erik schnallte seine Skier an und fuhr den steilen Weg zur Schule am Spirit Lake hinunter. Kate ging in die Hocke, bereit zu folgen. Einen Augenblick spürte sie einen Anflug von Furcht. Doch sie hatte diesen Hügel mehr als einmal genommen. Ihre Hände wedelten frei in der Luft, während sie den Pfad hinunterschoss.

Anders folgte auf Wildfire. Am Fuß des Hügels hatte der Wind vom Rice Lake her den Weg freigeweht. Wo kein Schnee lag, ragten kleine Steine aus der Erde, die Kates Skier bremsten.

Jenseits des Rice Lake kamen sie in ein Waldgebiet. Als sie das andere Ende des Waldes erreichten, drehte sich Erik um. »Lass uns eine Abkürzung über dieses Feld nehmen.«

Erik umfuhr die Schneewehen und fand Stellen, wo der Schnee weniger tief lag. Jedes Mal, wenn er einen Hügel nahm, fuhr Kate in seinen Spuren. Schließlich lag der höchste Hügel vor ihnen.

Kate stand oben, blickte hinunter, und wieder kam Angst in ihr hoch. Sie wartete, bis Erik den Fuß des Hügels erreichte, dann stellte sie sich in Position.

Wieder blickte sie hinunter. Lang und steil fiel der Hügel ab, steiler als alle Abfahrten, die Kate bislang ausprobiert hatte.

Erik schaute zurück. »Du schaffst es!«, rief er.

Kate stand oben und versuchte, Mut zu fassen. Der Hügel schien ins Nichts zu fallen. Ihre Knie waren weich.

Da kam Anders hinter ihr hergeritten. »Bist du ein Angsthase?«

Das wirkte. Kate holte einmal tief Luft, ging in die Hocke und stieß sich ab.

Der Wind rauschte an ihr vorbei und pfiff ihr kalt ins Gesicht. Als sie bereits ein Stück den Hügel hinuntergefahren war, spürte sie eine gewisse Erregung. Es schien ihr, als würde sie fliegen.

Plötzlich glitt ihr rechter Ski zu weit nach vorn. Als Kate ihren Fuß zurückzog, fühlte es sich an, als stimmte etwas nicht. Mit rudernden Armen kämpfte sie, um das Gleichgewicht zu halten. Im nächsten Augenblick rutschte der Ski davon.

Wild fuchtelte Kate mit den Armen. Sie merkte, dass sie nach vorn fiel. Sie würde mit dem Kopf zuerst den Hügel hinunterstürzen!

Sie kämpfte dagegen an und lehnte sich zurück. Einen Augenblick schwankte sie und fiel fast hin. Doch irgendwie fing sie sich wieder. Sie versuchte jetzt, mit ausgestreckten Armen das Gleichgewicht zu halten, dann streckte sie ihr rechtes Bein nach vorn, beugte ihr linkes Bein und hockte sich auf den einen Ski.

Wieder schwankte Kate und kippte fast um. Doch

als sie ihr Gleichgewicht wiedergewann, blieb sie bis zum Fuß des Hügels aufrecht hocken. Dort fiel sie der Länge nach in den weichen Schnee.

Schließlich kam sie aus der Schneewehe hoch und wischte sich den Schnee von den Augen. »Ich hab's geschafft!«, rief sie. »Ich hab's *wirklich* geschafft!«

Als Erik bei ihr ankam, sah er besorgt aus. »Bist du verletzt?«

»Nicht ein großartiger Skiläufer wie ich!«

»Du *bist* großartig!«, rief Erik aus. »Ich weiß nicht, wie du das geschafft hast. Aber ist auch alles in Ordnung?«

Als Kate in Eriks Augen aufschaute, freute sie sich. Es kümmerte ihn wirklich, was mit ihr geschah. »Jup«, antwortete sie.

Erik reichte ihr die Hand, um ihr aufzuhelfen. »Bist du dir sicher?«, fragte er.

Kate lachte. »Es ging mir nie besser.«

»Eine gelungene Vorstellung, Kate!«, rief Anders, der auf Wildfire angeritten kam. »Die großartigste Vorstellung der Welt.«

Kate wischte den Schnee von ihren langen Strümpfen. Ihre Handschuhe hatte sie irgendwo verloren. Ihre Hände waren bereits eiskalt.

Nachdem Erik sie aus der Schneewehe gezogen hatte, fragte er: »Was ist eigentlich passiert?«

»Ich weiß es nicht.« Kate beugte sich nach vorn, um ihren Mantel abzuklopfen.

Den fehlenden Ski fand Erik am Stamm einer kleinen Tanne. »Uh-oh, hier haben wir das Problem. Es war die alte Schnalle, die ich genommen habe. Sie ist gebrochen, und die Bindung ist auseinandergefallen. Das Dumme ist, ich kann sie hier nicht festmachen.«

»Lasst uns zu Maybelle gehen und uns aufwärmen«, schlug Anders vor.

Obwohl ihre Füße taub vor Kälte waren, trat Kate einen Schritt zurück. »Lasst uns stattdessen nach Hause gehen.«

»Das ist zu weit«, beharrte Anders. »Und wir haben es alle nötig, uns aufzuwärmen.«

Da überraschte Erik sie beide. Er schwang Kates Skier über die Stute und legte sie oben auf Anders' Krücken. »Ich geh nach Hause«, erklärte Erik. »Ich weiß, wo ich eine neue Schnalle bekommen kann. Dann kann Kate auf ihren Skiern zurücklaufen.«

Maybelle empfing Kate und Anders an der Tür und hatte schon kurz darauf Kakao fertig. Diesmal war Kate vorsichtig. Sie wartete und wärmte sich am Herd auf, bis Maybelle den Kakao eingoss. Dann setzte sie sich an den Tisch.

»Was ist passiert?«, fragte Maybelle.

»Kate hat gerade versucht, eine Vorstellung zu geben«, erzählte Anders und zwinkerte dabei in Richtung seiner Schwester.

Kate fand das nicht lustig. »Das war nicht so, Anders Nordstrom!«

»Nun, Kate«, flötete Maybelle ihr zu, »du musst dir nichts daraus machen, wenn er so redet. Fühl dich einfach wohl und wärm dich schön auf.«

Maybelles honigsüße Stimme bewirkte, dass Kate

sich über und über klebrig fühlte. Sie warf den Kopf hoch und ihren langen, schwarzen Zopf über die Schulter.

Als Erik schließlich zurückkam, hielt er eine glänzende, neue Schnalle in der Hand. Er gab sie Kate. »Ich konnte keine Nadel finden, die stark genug war, um sie anzunähen.«

»Lasst uns zu Josie gehen«, schlug Anders vor. »Ihr Vater hat sicher, was du brauchst.«

Sofort griff Kate nach ihrem Mantel, doch Maybelle folgte ihnen auch diesmal. Als sie zu Swensons kamen, wurden sie von Josie überrascht. Sie war wie ausgewechselt. Sogar ihre Augen leuchteten.

»Ist Calico zurückgekommen?«, fragte Kate.

Josie nickte. »Ja, allerdings nicht, bevor es dunkel war. Wenn sie verschwindet, habe ich jedes Mal Angst, dass ihr etwas zustößt.«

Als die Jungen gingen, um Herrn Swenson zu suchen, begaben sich Josie, Kate und Maybelle in den großen Raum. Josies kleine Schwester Becca kam aus der Küche.

Sie schaute hoch zu Kate und hielt ihr das Kätzchen hin. »Schönes Kätzchen?«

Kate legte die Schnalle auf einen niedrigen Tisch und nahm das Kätzchen. Während sie es in den Armen wiegte, setzte sie sich hin. Als sie das weiche Fell streichelte, zog Calico die Krallen ein, legte den Schwanz um ihren Körper und schnurrte.

Becca nahm die glänzende Schnalle auf. »Schön?«

»Schön«, nickte Kate. »Kannst du *Schnalle* sagen?«

Als Becca ging, versuchten Kate, Josie und Maybelle sich zu unterhalten. Doch selbst für Kates Ohren klang alles, was sie sagten, gestelzt und steif, als müssten sie erst überlegen, worüber sie reden sollten.

Seltsam, dachte Kate. *Normalerweise kann Josie nicht schnell genug reden.*

Heute schien sie um alles herumzureden, was Kate wissen wollte. Jedes Mal, wenn Josie zu Maybelle hinschaute, schien sie beunruhigt zu sein.

Dann fiel Kate ein, dass Josie und Maybelle sich schon gekannt hatten, bevor Maybelle fortzog. Hatte Josie die Erfahrung gemacht, dass sie dem anderen Mädchen nicht trauen konnte?

Erik und Anders kamen zurück, ohne dass sie Herrn Swenson oder eine starke Nadel gefunden hätten. Als Maybelle zu den Jungen in die Küche schlenderte, flüsterte Josie Kate ins Ohr.

»Ich muss dich sprechen.«

Kates Herz schlug schneller. Nur einige Monate zuvor hatte Josie die gleichen Worte gebraucht. Damals war Swensons Stier gestohlen worden.

»Ist noch etwas nicht in Ordnung?«, fragte Kate. Der Geldverleiher lag ihr immer noch schwer auf der Seele.

Doch Josies Gesicht schien zu leuchten. »Bevor ihr gestern kamt, sprach Big Gust mit Papa und Mama über Stretch«, erklärte Josie. »Sie baten ihn, hierzubleiben. Nachdem Stretch hinausgegangen war, hörte ich Papa zu Mama sagen: ›Mathilda, ich weiß, wir haben die richtige Entscheidung getroffen.

Stretch benötigt Hilfe. Aber er wird auch viel essen. Er wird essen wie ein Mann.‹

›Wir haben das Richtige getan, Henry‹, sagte Mama. ›Gott wird für uns sorgen.‹

›Jo, er hat uns nie im Stich gelassen‹, erwiderte Papa. ›Doch der Stier, den wir aufgezogen haben, ist fort. Und in nur einem Monat müssen wir diese große Zahlung leisten.‹«

Eine Träne lief über Josies Wange. »Eine Stunde später kamen Erik, Anders und du mit dem Essen hergefahren.«

Kate schluckte. So sehr sie auch helfen wollten: Keiner von ihnen hatte eine Ahnung gehabt, was es bedeuten würde.

Josie streckte ihre Hände aus und nahm Kates Hand. »Mach die Augen zu.« Josie führte Kate durch das Zimmer. »Versprichst du, ein Geheimnis für dich zu behalten?«, fragte sie.

Kate nickte.

Im nächsten Augenblick legte Josie etwas in Kates Hände. »Mach die Augen auf.«

Kate schaute auf eine kleine quadratische Schachtel.

»Sie ist heute Morgen gekommen«, erklärte Josie. »Es war als Weihnachtsgeschenk gedacht, kam aber erst heute an.«

»Was ist es?«, fragte Kate.

»Wenn ich es dir zeige, darfst du es keinem verraten.« Josie sprach so leise, dass Kate sie kaum hören konnte. »Versprochen?«

»Ich verspreche es. Niemand sonst weiß es?«, fragte Kate.

»Nur meine Familie. Und Stretch, weil er da war, als es ankam.«

»Aber was ist es?«, fragte Kate.

»Es kam von meinem Großvater in Schweden. Zusammen mit diesem Brief.«

Josie und Kate setzten sich an einer Stelle, wo sie die Küchentür gut im Blick hatten, auf den Boden.

»Seit ich ein kleines Mädchen war, hat man uns diese Geschichte immer wieder erzählt«, begann Josie. »Aber ich werde den Brief vorlesen.« Sie faltete ein kleines Stück Papier auseinander und übersetzte die schwedischen Worte für Kate: »Lieber Henry –«

»Das ist Papa«, erklärte Josie, dann las sie weiter:

»Als du noch ein Junge warst, habe ich dir die Geschichte dieses Rings erzählt. Mein Großvater – dein Urgroßvater Jacob – war ein Held. Eines Nachts, als er draußen spazieren ging, kam er am Grundstück eines reichen Gutsherrn vorüber. Aus dem Dach des Hauses sah er Flammen züngeln. Schnell weckte er alle Bewohner und brachte sie in Sicherheit, den Gutsherrn und auch die Diener.

Als sie draußen standen, bemerkte der Gutsherr, dass seine jüngste Tochter fehlte. Jacob rannte zurück ins Haus, durch die Flammen hindurch, und brachte das Mädchen auf seinen Armen hinaus.

Der dankbare Gutsherr fragte: ›Womit kann ich Ihnen dafür danken?‹

Jacob schüttelte den Kopf und antwortete: ›Jeder andere hätte das Gleiche getan.‹
Doch der Gutsherr zog einen Ring vom Finger.
›Sie haben das Leben meiner Tochter gerettet‹, sagte er zu Jacob. ›Dieser Ring ist sehr wertvoll. Vielleicht geraten Sie eines Tages in Not, und dann er wird Ihre Familie retten.‹«

Josie schaute auf, dann fuhr sie fort, den Brief zu übersetzen. »Dann schreibt Großvater:

›Ich bin ein alter Mann. Ich brauche den Ring nicht mehr, doch du hast viele Kinder. Wenn du kannst, behalte den Ring zu Ehren eines tapferen Mannes, deines Urgroßvaters Jacob. Doch wenn du einmal in Not bist, dann such einen ehrenhaften Mann. Verkauf ihn und nimm das Geld, um deinen Kindern zu helfen.‹«

Josie sah sich um, damit sie sich sicher war, dass niemand es hören konnte. Kate schaute ebenfalls zurück. In der Küche sah sie Maybelle mit Erik und Anders lachen.

Vorsichtig öffnete Josie die Schachtel. Darin war eine weitere kleine Schachtel, und sie öffnete auch diese. Auf einem Seidenfutteral lag ein goldener Ring, der mit vielen kostbaren Steinen besetzt war.

Kate verschlug es den Atem. »Sind das Diamanten?« Als Mama Schneiderin in Minneapolis war, hatte Kate hin und wieder Diamanten gesehen. Einige der feinen Damen trugen sie.

Josie nickte. »Und Rubine. Papa sagt, diese Steine sind sehr wertvoll.«

Die Diamanten und Rubine fingen das Licht vom Fenster ein. Als Kate ihr Funkeln sah, wurde sie fast besorgt. »Was wird dein Vater mit dem Ring tun?«, fragte sie.

»Er beabsichtigt, einen ehrenhaften Mann zu finden, den Ring zu verkaufen und die große Zahlung für die Farm zu leisten«, antwortete Josie. »Papa sagt, es ist vielleicht genug Geld, um die Farm abzubezahlen und dazu noch Maschinen und Werkzeug zu kaufen. Er sagte: ›Vielleicht ist es sogar genug, um anderen Jungen wie Stretch zu helfen!‹«

»Liegt deinem Papa so viel an Stretch?«, fragte Kate. Wieder nickte Josie. Ihre Augen leuchteten fast ebenso hell wie die Diamanten.

Kate streckte ihre Hand aus und drückte die Hand ihrer Freundin. »Ich bin wirklich froh für euch, Josie.«

»Ich wusste, dass du froh sein würdest, Kate. Darum habe ich es dir auch erzählt. Aber denk daran: Es ist ein Geheimnis. Papa will nicht, dass irgendjemand weiß, dass sich so etwas Wertvolles hier befindet.«

»Ein Geheimnis«, versprach Kate, mit leiser Stimme. »Bei mir ist es sicher.«

Doch als Kate über Josie hinweg zur Türöffnung blickte, stand dort mit weit geöffneten Augen – Maybelle.

Seit wann hatte sie gelauscht?

Es heult durch die Nacht

Wie *viel hatte Maybelle gehört?* Kate stellte sich diese Frage, während sie ihr langes Haar bürstete.

Mehr als eine Woche war vergangen, seit Kate Josie gesehen hatte. Das neue Jahr hatte begonnen, aus 1906 war 1907 geworden. Während Kate sich für die Kirche fertig machte, wirbelten immer noch Fragen in ihrem Kopf herum. *Hatte Maybelle gelauscht, als Josie von dem wertvollen Ring erzählte?*

Josie traute Maybelle genauso wenig wie sie selbst, und das aus gutem Grund, das wusste Kate. Es würde lange dauern, bevor Kate Maybelle irgendwo in ihrer Nähe noch einmal Kakao einschenken lassen würde.

Kate zog ihr Haar nach hinten und flocht es zu einem dicken Zopf. Gerade als sie fertig war, hörte sie Schlittenglocken läuten. Durch ein Schlafzimmerfenster schaute sie hinaus. Die Lundgren-Pferde überquerten das Feld zwischen den beiden Farmen.

Diese Woche war Eriks Vater zur Arbeit in ein Holzfällercamp aufgebrochen. Herr Lundgren hatte seine großen Arbeitspferde zurückgelassen. Kate war froh darüber, denn Wildfire konnte nur einen leichten Schlitten ziehen, nicht den schweren Schlitten, der nötig war, um sie alle zur Kirche zu bringen.

Außerdem fuhr Kate gerne mit Lundgrens. Sie

eilte die Treppe hinunter und dann durch das vordere Zimmer und das Esszimmer in die Küche. Die übrige Familie hatte sich bereits dick in Winterkleidung vermummt.

Als Anders Lars und Tina nach draußen folgte, blieb Mama zurück. »Kate, denk daran, den Kindern von der Party für Anders zu erzählen«, flüsterte sie.

Kate nickte. »Donnerstagmorgen. Zehn Uhr.«

Als sie die Tür hinter sich schloss, spürte Kate die beißende Januarluft auf ihren Wangen. Starke Böen wirbelten den Neuschnee hoch und trieben ihn über den Hof.

Eriks Mutter und seine Schwester Chrissy saßen bereits im hinteren Teil des Schlittens im Stroh. Anders zog sich hoch auf den Sitz neben Erik, und Lars wollte sich neben ihn setzen. Eine gestrickte Mütze verbarg den roten Haarschopf, der gewöhnlich an seinem Hinterkopf hochstand. Er nieste, und seine blauen Augen wurden feucht.

»Lars?«, rief Mama. »Bekommst du eine Erkältung? Du fährst hier hinten mit!«

Lars brummte.

»Komm her! Hier ist es nicht so windig.«

Langsam begab sich Lars hinunter in das Stroh. Kate wusste: Es gab nichts, was Lars weniger wollte. Er wäre lieber vorne bei Erik und Anders geblieben.

Kate nahm Lars' Platz zwischen den beiden Jungen ein, und Erik schlug die Zügel. Die großen Arbeitspferde setzten sich in Bewegung und trabten den Weg zur Hauptstraße hinunter.

»Stretch sagt, Herr Swenson will ihm beibringen, Schmied zu werden«, erzählte Erik.

»Josies Vater ist Schmied?«, fragte Kate.

»Er macht das neben der Farmarbeit«, erklärte Erik ihr. »Und Papa sagt, er ist ein guter Schmied. Wenn Stretch durchhält, wird er das Handwerk lernen.«

»Du meinst, wenn er es schafft, ehrlich zu bleiben«, brummte Anders.

»Das wird er«, erwiderte Kate bestimmt.

Anders schüttelte den Kopf. »Er sagt nur, dass er anständig werden will. Vergiss nicht: Stretch hat seinen Ruf erst nach und nach erhalten.«

»Das bedeutet nicht, dass er sich nicht ändern kann«, entgegnete Kate.

Aber Anders war nicht überzeugt. »Ich versteh nicht, warum Herr Swenson ihn gebeten hat, bei ihnen zu bleiben. Es ist in Ordnung, Stretch für sich arbeiten zu lassen. Er muss aber doch nicht dort leben.«

»Doch, er muss«, fiel Erik ein. »Im Winter ist es ein langer Weg zur Farm seiner Familie.«

»Ich sage trotzdem: Man kann ihm nicht vertrauen.«

»Herr Swenson hat uns gebeten, es zu tun«, erwiderte Kate. »Er will, dass wir Stretch helfen.«

»Aber woher können wir wissen, ob er sich geändert hat?«, fragte Anders. »Was ist, wenn er es in Wirklichkeit nicht getan hat? Vielleicht wird er versuchen, *uns* dazu zu bringen, etwas Falsches zu tun.«

»Sodass wir den Schaden haben?«, fragte Kate.

Sie dachte daran, dass weder Anders noch Erik zu bemerken schienen, was Maybelle tat. »Befürchtest du, es könnte uns schaden, wenn wir glauben, mit Stretch sei alles in Ordnung, obwohl es nicht so ist?«

»Jup, du sagst es«, antwortete Anders.

»Aber was ist, wenn Stretch sich wirklich ändern will?«, warf Erik ein. »Wenn wir nicht an ihn glauben, ist das genauso schrecklich!«

»Also was tun wir?«, fragte Kate. »Wie können wir herausfinden, ob er es ehrlich meint?«

Eine Zeit lang waren sie still und dachten darüber nach. Entlang der Straße hing schwerer Frost in den Nadelbäumen. Mit jeder Bewegung der Pferde klingelten die Glöckchen des Schlittens in der kalten Luft.

Schließlich meinte Kate: »Ich weiß was. Wir können beten. Wir können Gott bitten, uns zu zeigen, ob es richtig ist, Stretch zu vertrauen.«

Anders war überrascht von ihrer Idee. »Ich weiß nicht«, begann er.

Doch Erik lächelte zustimmend.

Augenblicke später erreichten sie die Kirche. Anders stützte sich auf seine Krücken, während Erik das Gespann in eine Scheune brachte. Erik nahm Heu vom Schlitten und ließ es vor Barney und Beauty zu Boden fallen.

Kate wartete, bis Anders begann, sich mit einem Nachbarn zu unterhalten. »Geburtstagsüberraschungsparty«, flüsterte sie Erik zu. »Diesen Donnerstag, zehnter Januar, zehn Uhr. Sag es allen Jungen, ja?«

Während Erik Decken über Barney und Beauty legte, nickte er. Kate eilte zur Kirche.

Bei den Stufen standen Leute in Gruppen, schüttelten sich die Hände und unterhielten sich. »*God dag, God dag*«, begrüßten sie einander. Kate wusste: Es war das schwedische »Guten Tag«.

Am Eingang lächelte ein großer Schwede zu Lars hinunter und gab ihm die Erlaubnis, die Glocke zu läuten. Über Lars' sommersprossiges Gesicht breitete sich ein Lächeln aus. Er ging zu dem starken Seil, das durch ein Loch in der Decke hing, und zog fest daran. Laut erschallte die Glocke. Das Seil schwang nach oben und zog Lars vom Boden in die Höhe.

Kate folgte Mama und Tina in den Hauptteil der Kirche. Dort begaben sich die Frauen, die Mädchen und die kleinen Kinder auf die linke Seite, die Männer und die Jungen auf die rechte. Als Mama, Tina und Kate in eine Bankreihe gingen, schlossen sich Frau Lundgren und Chrissy ihnen an. Ganz in der Nähe saßen Josie und Becca mit Frau Swenson, die das Baby hielt.

Als Kate über den Gang zur Seite der Männer blickte, richtete sie sich vor Überraschung kerzengerade auf. Neben Herrn Swenson saß ein großer, dünner Junge mit lockigem, blondem Haar. *Stretch in der Kirche?* Sie konnte es kaum glauben. *Was tut er hier?*

Stretch schien ihren Blick zu spüren und drehte sich zu ihr um. Ein Augenlid senkte sich zu einem langen, langsamen Zwinkern herunter. Kate warf den Kopf zurück. Eine warme Röte kroch in ihre Wangen.

Danach hielt sie den Blick streng geradeaus gerichtet, lauschte jedoch der Orgel. In Minneapolis konnte sie den Organisten beobachten. Hier saß er auf einer Empore.

Als alle zum ersten Lied aufstanden, wagte Kate einen Blick nach hinten. Befand Erik sich dort oben und pumpte mit dem großen Hebel Luft in die Orgel? Kate konnte es nicht mit Sicherheit sagen. Doch sie kannte die handgepumpte Orgel gut. Es war die Orgel, an der sie Unterricht nahm.

Während sie das erste Lied sangen, hörte Kate auf jeden Ton. *Ich werde eines Tages eine große Organistin sein*, sagte sie sich, wie schon viele Male zuvor. Viele Jahre lang hatte sie Jenny Lind, die »schwedische Nachtigall«, bewundert. Kate hoffte, sie würde einmal genauso durch das Land reisen und Konzerte geben. Statt zu singen, würde sie Orgel spielen.

Pastor Nelson trug einen schwarzen Anzug mit einem steifen weißen Kragen. Als er zu predigen begann, wünschte Kate, sie könnte seine schwedischen Worte verstehen. Während er auf der großen Kanzel stand, schien er so weit entfernt. Aber Kate wusste: Er hatte junge Leute gern. Erik hatte es ihr gesagt, und Erik kannte ihn gut.

Es dauerte nicht lange, bis Kates Gedanken abschweiften. Sie blickte über den Gang, dorthin, wo Stretch mit Herrn Swenson saß. Sie dachte an das Gespräch mit Anders und Erik. »Hilf uns, Gott«, betete Kate leise. »Hilf uns herauszufinden, ob wir Stretch vertrauen können.«

Dann dachte Kate über die Lieder nach, die sie gesungen hatten. Sie spielte die Lieder immer wieder in Gedanken durch. Sie wollte jede Note behalten, um sie zu Hause auf ihrer eigenen Orgel spielen zu können.

Sobald der Gottesdienst beendet war, traf Kate sich mit Josie. Sie schaute über ihre Freundin hinweg dorthin, wo Anders mit einer Gruppe von Jungen stand, und flüsterte: »Geburtstagsparty für Anders. Donnerstag. Zehn Uhr. Denk daran, jedem zu sagen, dass es eine Überraschung ist.«

»Ich sage es allen Mädchen«, versprach Josie.

Kate wusste: Josie würde sich die ganze Woche auf die Party freuen. »Sag ihnen, sie sollen früh genug kommen, damit sie sich verstecken können.«

»Wird Anders fort sein, sodass wir unbemerkt hineinschleichen können?«

Kate grinste. »Wie mein Bruder sagen würde: ›Jup!‹ Er weiß es noch nicht, aber er wird fort sein.«

Josie lachte, und Kate schaute zur Gruppe der Jungen zurück. Als sie Erik dort stehen sah, fiel ihr etwas ein. »Du erinnerst dich an die Schnalle, die Erik mir gegeben hat? Ich habe sie gestern bei euch zu Hause auf dem niedrigen Tisch vergessen.«

»Ich bring sie dir Donnerstag mit«, versprach Josie.

Dann bemerkte Kate, dass etwas nicht in Ordnung war. Das Leuchten in Josies Augen war verschwunden. Sie sah beunruhigt aus, als sie über die Schulter zu den Jungen hinblickte. Stretch mit seinem blonden, lockigen Kopf stand jetzt auch dort, jedoch von ihnen abgewandt.

»Wie kommt es, dass er in der Kirche ist?«, fragte Kate mit leiser Stimme.

»Papa hat ihn gebeten mitzukommen. Er sagte, er erwartet es von jedem, der bei uns lebt. Und wenn im Frühling die Schule beginnt, will Papa, dass Stretch wieder zur Schule geht.«

»Zur *Schule*?« Kate konnte es nur schwer glauben.

»Papa hat ihm gesagt, dass er mehr Schulbildung braucht und die achte Klasse beenden muss.«

»Obwohl Stretch für ihn arbeitet?«

»Papa sagt, eins der guten Dinge in Amerika wäre, dass die Leute die Chance hätten vorwärtszukommen.«

Doch Kate spürte: Da war noch etwas, wovon Josie nicht sprach. »Was ist los?«, fragte Kate.

Josie senkte ihre Stimme und flüsterte. »Der Ring ist weg.«

Kates Herz schlug bis zum Hals. »Weg?«

»Er ist nirgendwo zu finden.«

»Aber er war doch noch da, bevor wir gingen.«

»Ich weiß«, seufzte Josie. Sie warf einen schnellen Blick zu Stretch hinüber.

Kate hatte einen anderen Gedanken. »Deine Brüder oder Becca würden ihn nicht nehmen, nicht wahr?«

»Natürlich nicht!« Allein der Gedanke regte Josie auf. »Meine Geschwister sind alle ehrlich. Aber dann bleibt nur eine Person übrig.«

»Zwei«, verbesserte Kate. »Vergiss Maybelle nicht. Anders sagt, ihre Eltern brauchen Geld. Mehr als gewöhnlich, meine ich.«

Josie schüttelte den Kopf. »Ich glaube nicht, dass sie ihn nehmen würde. Doch Stretch zu beschuldigen, beunruhigt mich noch mehr. Als er kam, um mit uns zu leben, bat Papa uns, Stretch zu glauben, wenn er sagt, er wolle alles wiedergutmachen.«

»Uns hat dein Papa ebenfalls darum gebeten.« Während sie das erwähnte, dachte Kate an ihr Gebet. »Kann ich Erik und Anders von dem Ring erzählen?«

»Ich habe Papa gefragt. Er sagte: ›Jo. Vielleicht können sie ihn für uns finden.‹ Aber Kate, wir müssen ihn bald finden. In weniger als drei Wochen muss Papa die große Zahlung leisten. Wenn er es nicht kann, verlieren wir die Farm.«

Kurz darauf machte Kates Familie sich auf den Heimweg. Während der Fahrt kam ein peitschender Wind auf. Kate, die vorne bei den Jungen saß, sprach leise, als sie Erik und Anders von dem verschwundenen Ring erzählte.

»Es war Stretch«, flüsterte Anders mit leiser Stimme. »Er hat ihn genommen.«

»Warum meinst du das?«, fragte Kate.

»Wer sonst würde es tun? Alle Jungen in der Familie sind zu jung. Außerdem würden sie nicht ihren eigenen Vater bestehlen.«

»Aber das heißt nicht, dass Stretch etwas nehmen würde«, entgegnete Kate.

»Nicht?«, fragte Anders. »Woher weißt du das?«

»Warum kann es nicht jemand gewesen sein, der gar nicht im Haus lebt?« Wieder dachte Kate an Maybelle.

»Nein«, erwiderte Anders. »Es war Stretch. Ich bin mir sicher, es war Stretch.«

Den ganzen Nachmittag blies der Wind und hielt das Farmhaus in seinem eisigen Griff. Selbst ein paar Schritte vom Holzherd entfernt waren die Wände zugig und kalt.

Die Dunkelheit brach früh herein. Als Kate nach oben kam, war Tina bereits eingeschlafen. Starke Böen fegten um die Ecken des Hauses. Fenster klapperten. Im Licht des Vollmonds beugten sich die Zweige der Kiefer vor dem Fenster auf und ab. Auf den gefrorenen Scheiben verwandelten sich ihre Schatten in lange Finger.

Kate blies die Kerze aus und kroch in das Bett, das sie mit Tina teilte. Die langen, dunklen Schatten wogten immer noch auf und ab.

Kate schloss die Augen und versuchte, die langen Finger aus ihren Gedanken zu verbannen. Im nächsten Augenblick hörte sie in der Ferne ein Heulen.

Kate umklammerte die Steppdecke und zog sie über den Kopf. Zusätzlich stopfte sie noch ihre Finger in die Ohren. Dennoch drang das unheimliche Geräusch zu ihr durch. Von weit her begann das Heulen leise, stieg an, fiel ab und hing dann in der Nachtluft.

Kates Muskeln spannten sich. Sie hatte noch nie Wölfe gesehen, doch es war nicht schwer, sich vorzustellen, wie sie sich, ihre Nasen zum Mond gerichtet, im Kreis versammelten. Ein weiteres Heulen folgte dem ersten und hallte über das Land.

Während Kate lauschte, kamen die Wölfe näher.

Die Suche

Irgendwo in der Nähe der Windy Hill Farm antwortete ein Wolf. Kate zitterte in der Dunkelheit. Sie wollte Tina wecken und fragen: »Was sollen wir tun?«

Kate streckte die Hand aus und stieß Tina an. Die Kleine rollte sich fort und schlief weiter.

»Tina!«, flüsterte Kate, doch ihre Schwester drehte sich nur herum. Wieder gab Kate ihr einen leichten Stoß. Diesmal rührte Tina sich nicht einmal. Ihr Atem klang tief und gleichmäßig.

Kate kam sich dumm dabei vor, Hilfe von einer Fünfjährigen zu erwarten. Aber Tina war auf einer Farm aufgewachsen. Sie würde wissen, was zu tun war. Sie würde vielleicht auch einfach sagen: »Oh Kate, schlaf ein!«

Gerade das hätte Kate jetzt gern gehört. Stattdessen lag sie lange Zeit wach. Jedes Mal, wenn ein Wolf heulte, lief ihr ein Schauer über den Rücken und ihre Angst wuchs. Viel später schlief sie endlich ein.

Als Kate am nächsten Morgen erwachte, hatte der Wind sich gelegt. Sonnenstrahlen fielen durch die Fenster schräg über das Bett.

Montag, dachte Kate. *Keine Schule!* Keine Schule bis zum Frühlingsschulbeginn am 8. April. Einen Augenblick war Kate froh. Aber in der nächsten Minute wünschte sie schon, sie könnte Josie und ihre anderen Freunde jeden Tag sehen.

Dann fielen Kate die Wölfe ein. Obwohl der Himmel blau war und der Tag hell und sonnig, hatte sie Angst. Sie wusste nicht, wie lange sie dem Heulen der Wölfe zugehört hatte. Kate versuchte, die Erinnerung beiseitezuschieben, kroch aus dem Bett, zog sich an und eilte nach unten. Als sie in die Küche kam, fand sie Mama dort am Tisch sitzen.

Gewöhnlich steckte ihre Mutter ihr goldblondes Haar hoch. An diesem Morgen hing es noch in einem Zopf auf ihrem Rücken. Es ließ Mama jung und hilflos aussehen, doch Kate wusste es besser. Obwohl Mama nicht so stark war wie die meisten Farmerfrauen, war sie nicht hilflos. Vor ihr auf dem Tisch lag eine offene Bibel.

Mama erblickte Kate und lächelte. Aber Kate hatte die Einsamkeit in Mamas Blick bemerkt.

Als ihre Mutter aufstehen wollte, sah Kate die wachsende Wölbung unter ihrer großen Schürze. Liebevoll drückte Kate sie in den Stuhl zurück. »Was möchtest du? Ich hole es für dich.«

Mama hob ihre Tasse, und Kate nahm den Topf vom Herd. Als sie den Kaffee eingoss, sah sie, dass er nicht dampfte. Sie hob die Ofenplatte und legte kleine Holzstücke hinein. Dann setzte sie den Topf über das Feuer.

Nach dem Frühstück hatte Anders eine Idee. »Lass uns hinüberfahren und sehen, ob wir Josie helfen können.«

»Ich kann aber nicht Ski fahren«, jammerte Kate, als sie an die zerbrochene Schnalle dachte.

»Das brauchst du nicht. Wir können ohne Sattel auf Wildfire reiten.«

Kate half Anders, der Stute das Zaumzeug anzulegen. Dann führte sie das Pferd zu einem Holzstumpf, und es gelang ihnen beiden aufzusitzen. Anders legte seine Krücken vor sich, quer über Wildfires Mähne.

Die Winterluft war frisch und der Himmel wolkenlos. Als die Stute sich durch eine Schneewehe kämpfte, sprühte der Schnee hoch. »Wie gut, dass du Wildfire hast«, meinte Kate.

»Jup«, stimmte Anders zu. »Es wäre ziemlich schwer, ohne sie zurechtzukommen. Hast du irgendeinen Gedanken, was den Ring betrifft? Oder wie wir Josies Familie helfen könnten?«

»Lass uns zuerst den großen Raum absuchen«, antwortete Kate.

Windy Hill Farm, Eriks Haus und Swensons Farm lagen an den Eckpunkten eines Dreiecks. Kate und Anders überquerten das Feld und ritten dann durch den Wald zu Lundgrens Haus. Von dort aus fuhr Erik auf Skiern neben ihnen her. Es dauerte nicht lange, und sie kamen an der Schule am Spirit Lake vorbei und zu Swensons.

Josie empfing sie an der Tür. Sie sah ängstlich aus. Das Haus wirkte merkwürdig leer, wenn sich alle draußen befanden.

Als Josie sie in den großen, offenen Raum führte, fragte Anders: »Wie kam es, dass dein Vater es mit diesem alten Wucherer zu tun bekam?«

Josies haselnussbraune Augen funkelten vor Zorn. »Als Papa anfangs aus Schweden kam, war Herr Harris freundlich zu ihm. Er erklärte Papa, wo Land war und wie man nach Burnett County kommen konnte. Er bot ihm an: ›Wenn Sie jemals Geld brauchen, um sich etwas aufzubauen, teilen Sie es mir mit. Ich helfe Ihnen.‹«

»Also ist Herr Harris nicht von hier?«, fragte Kate.

Josie schüttelte den Kopf. »Als Papa diese Farm entdeckte, bat er Herrn Harris um einen Kredit. Papa war erst so kurze Zeit in Amerika, dass er nicht wusste, dass die Zinsen viel zu hoch waren. Schon bevor wir eine große Familie wurden, mühten er und Mama sich ab, die Zahlungen zu leisten.«

»Hat dein Vater Zahlungen versäumt?«, wollte Erik wissen.

Wieder dachte Kate daran, wie die Familie Lundgren ihre Farm verloren hatte.

»Papa kam in Verzug, als unser Stier gestohlen wurde«, antwortete Josie. »Er hatte vor, einen Teil des Fleisches zu verkaufen. Und einmal kam er in Verzug, als Mama krank wurde.«

»Aber das bezahlte er später?«, fragte Erik.

Josie nickte. »Eigentlich wollte Papa diesen Winter in das Holzfällercamp gehen. Doch es ist zu viel Arbeit da, er konnte Mama nicht allein lassen.«

»Dann *müssen* wir den Ring finden«, erklärte Anders.

»Ohne ihn hat Papa keine Möglichkeit, diese

große Zahlung zu leisten.« Josie drehte sich zu Kate. »Und ich kann deine Schnalle nicht finden.«

»Das ist nicht so schlimm«, entgegnete Kate. Ohne die Schnalle konnte sie zwar nicht Ski fahren, doch verglichen mit dem Verlust einer Farm zählte Skifahren nicht viel. »Wir wollen beginnen, Jagd auf den Ring zu machen.«

Josie zeigte den Jungen die beiden Schachteln und beschrieb den Ring. Zusammen durchsuchten sie den großen Raum.

Während Anders und Josie gemeinsam suchten, begann Kate damit, hinter den großen Ofen zu spähen. Erik half ihr, das ganze Holz aus der Kiste zu räumen, die neben dem Ofen stand. Als Nächstes suchten sie unter und neben dem großen Eichentisch und unter jedem Stuhl.

Schließlich kamen sie an die Wand, die zur Küche hin lag. Zwischen der Tür und dem Kamin erstreckten sich Regale. Das oberste Regalbrett verlief höher als Kates Kopf und das niedrigste dicht am Boden.

Erik stellte sich auf einen Stuhl und spähte hinter die wenigen Bücher auf dem höchsten Regalbrett. Kate hob vorsichtig die hölzernen Schalen und Zinnbecher auf den niedrigeren Regalen hoch und schaute dahinter.

Als sie jeden Zoll des Zimmers abgesucht hatten, fragte Kate: »Was ist mit der Küche?«

»Mama und ich haben heute Morgen alles durchgesehen«, berichtete Josie. »Und ich meine *alles*!«

Anders ließ sich auf den Boden fallen. Dabei biss

er sich auf die Lippe, als habe er Schmerzen. Kate wusste: Er wurde müde.

»Gibt es noch irgendeine andere Stelle, wo wir suchen könnten?«, fragte Erik.

»Wie ist es mit draußen?«, wollte Kate wissen.

»Das ist hoffnungslos«, antwortete Josie. »Was könnten wir auf dem Heuboden finden? Oder im Kornspeicher und im Hühnerstall? Dort gibt es Millionen Stellen, wo man etwas verstecken könnte.«

»Warte mal eine Minute«, meinte Anders. »Wir müssen unsere Köpfe benutzen. Wer würde den Ring am meisten haben wollen? Und wo würde er ihn verstecken?«

Josies Blick verfinsterte sich. »Was du da sagst, gefällt mir nicht, Anders.«

»Also gut, was ist mit Stretch? Was ist, wenn er ihn hat? Was ist, wenn er eines Nachts damit abhaut?«

»Er wäre für immer weg.« Josies Stimme hörte sich kläglich an.

Doch Anders fuhr fort. »Wo schläft Stretch?«

»Oben«, sagte sie. »Mit allen anderen Jungen in einem Schlafzimmer.«

»Wo ist Stretch jetzt?«

»In unserer Schmiedewerkstatt, er arbeitet mit Papa.«

Anders ergriff seine Krücken und richtete sich auf. »Wie wäre es, wenn ich Stretchs Sachen durchsuche?«

Kate als Farmer

Anders ging zur Tür.

»Nein, Anders. Das darfst du nicht.« Josies haselnussbraune Augen blickten immer noch finster, wie von Schmerz erfüllt. Doch ihre Stimme klang fest. »Du gehst nicht dort hoch.«

»Warum nicht?«

»Papa sagt, wir sollen Stretch vertrauen.«

Anders schaute ihr ins Gesicht. »Also, es wird nicht wehtun, wenn ich nur einen Blick darauf werfe.«

»Doch, es wird«, widersprach Erik. »Es bedeutet: Wir glauben nicht, dass er von vorn begonnen hat.«

In diesem Augenblick kam Josies Mutter mit Eiern aus dem Hühnerstall zurück. »Wisst ihr, wo Becca ist?«

Kate sprang auf. »Ich geh sie suchen. Ist sie draußen?«

»Versuch es zuerst in der Schmiede. Stretch ist gut zu ihr. Sie läuft oft hinter ihm her, um zu sehen, was er macht.«

Kate zog ihren Mantel an und eilte hinaus. Sie wusste nicht genau, wo sich die Schmiede befand, doch es war nicht schwer zu erraten. Das Gebäude, dessen Tür trotz der Kälte offen stand, lag von den anderen entfernt dicht an der Straße.

Becca stand in der Tür und schaute ihrem Vater

und Stretch zu. Als sie das ältere Mädchen erblickte, streckte sie ihre Hand aus und schob sie in Kates Hand.

In einer großen, steinernen Esse brannte hell ein Feuer. Stretch stand daneben und pumpte den großen Blasebalg. Mit jedem Luftstrom brannte das Feuer heißer. Selbst hier bei der Tür konnte Kate seine Hitze spüren.

Während Kate zusah, erklärte Herr Swenson dem blonden Jungen, was er zu tun hatte. Stretch nahm eine lange Zange und hob ein glühend rotes Stück Eisen aus dem Feuer. Er legte es auf den Amboss und nahm einen schweren Hammer. Die Schmiede hallte von seinen gleichmäßigen Schlägen wider. Nach und nach nahm das heiße Eisen die Form an, die Stretch herausarbeiten wollte.

Herr Swenson nickte zustimmend. »Gut. Gut. Du hast es fast geschafft. Jetzt nur noch ein bisschen mehr.«

Kurz darauf blickte Stretch auf. Als er Kate sah, wurde er verlegen, arbeitete jedoch weiter.

Herr Swenson schaute zur Tür. »Einen guten Schmied habe ich hier«, sagte er zu Kate. »Er hat bereits einen starken Arm bekommen.«

Stretch hämmerte weiter. Als er wieder zu Kate hinüberblickte, war an die Stelle seiner Verlegenheit ein Schimmer von Stolz getreten.

Wie ist das wohl?, fragte sich Kate. *Wie fühlt man sich, wenn man einen schlechten Ruf hat und sich bemüht, Dinge wiedergutzumachen?*

Kurze Zeit später ließ Stretch das heiße Eisenstück in einen Kübel fallen. Als das kalte Wasser hochzischte, hatte Kate einen Gedanken. *Es ist vielleicht so, als wäre man neu in einer Schule. Nur schlimmer.* Es war nicht schwer, sich an das Gefühl zu erinnern, fremd, ausgeschlossen und allein zu sein.

Kate fasste kurzerhand einen Entschluss. Sie warf ihren langen, schwarzen Zopf über die Schulter. Bevor sie den Mut wieder verlor, sagte sie schnell: »Stretch, würdest du gern zu Anders' Geburtstagsparty kommen?«

Stretch schaute hoch, sein Gesicht zeigte, wie überrascht er war.

Als er zu Josies Vater blickte, fragte Kate: »Wäre das möglich, Herr Swenson? Kann Stretch sich etwas Zeit freinehmen?«

Herr Swenson schaute kurz zu Stretch, dann wieder zu Kate. »Jo, das wäre in Ordnung. Es ist vielleicht gut für Stretch, ein paar Stunden freizuhaben.« Herr Swenson zwinkerte dem großen Jungen zu. »Er wird dann noch härter arbeiten, wenn er wieder zurück ist.«

Stretch lächelte.

»Donnerstag. Zehn Uhr. Es ist ein Geheimnis«, verriet Kate ihm. »Denk daran, dass du früh genug kommst, damit du dich verstecken kannst, während Anders noch fort ist.«

Als Stretch sich erneut an die Arbeit machte, verließ Kate die Schmiede. Während sie zum Farmhaus zurückging, dachte sie über ihre Einladung an

Stretch nach. Bereits jetzt war ihr unbehaglich. Doch jetzt war es zu spät. Kate war sich sicher, dass sie das Falsche getan hatte. Obwohl sie Stretch helfen wollte, wusste sie: Anders würde nicht erfreut sein.

Eine halbe Stunde später verließen sie, Anders und Erik die Farm. Auf dem Nachhauseweg dachte Kate weiter an die Party. *Was ist, wenn die anderen Stretch nicht akzeptieren? Dann wird er sich nur noch schlimmer fühlen.*

Als Kate und Anders die Windy Hill Farm erreichten, stellten sie fest, dass Mama sich eine Erkältung zugezogen hatte. Sie sah müde aus und bewegte sich langsamer als gewöhnlich. Ihre Taille bildete nach oben und unten immer noch eine gerade Linie, doch die Wölbung des Bauches war nicht zu übersehen.

Drei Monate noch, vielleicht vier, bis das Baby kommt, dachte Kate. *Was wird es sein – ein Bruder oder eine Schwester?* Von ganzem Herzen wünschte Kate sich eine weitere Schwester. Doch sie wusste: Anders wollte einen Bruder.

An diesem Nachmittag war der Holzvorrat aufgebraucht worden. Die Kisten neben dem Herd und neben dem größeren Ofen zum Heizen waren fast leer. Gewöhnlich arbeiteten Anders und Lars zusammen, um Holz zu spalten und es hineinzubringen. Heute begann Lars, allein Holz zu tragen.

Anders saß am Küchentisch, sein verletztes Bein lag ausgestreckt auf einem Stuhl. Er las im *Burnett County Journal* und blickte plötzlich auf. »Die Farmer haben am 22. Januar ein Treffen«, berichtete er. »Sie wollen Teli-fone draußen auf dem Land einführen. Für jeden Farmer.«

»Tel-*e*-fone«, verbesserte Kate. Sie hatte in Minneapolis bereits Telefone gesehen, auch wenn sie noch nie eins benutzt hatte. *Wie würde es sein, wenn ich Josie anrufen könnte?*

Als Lars zum zweiten Mal Holz hereinbrachte, nieste er. Er putzte sich die Nase und ging wieder hinaus. Als er mit der dritten Ladung zurückkam, ließ er sie schnell in die hölzerne Kiste fallen, bedeckte seine Nase mit den Händen und nieste erneut.

Mama blickte von dem Platz, an dem sie Brot knetete, zu ihm hinüber. »Bekommst du eine neue Erkältung?«

Lars nickte und nieste gleichzeitig. Seine blauen Augen tränten.

Mama seufzte. »Du kannst nicht mehr hinausgehen. Deine Erkältungen entwickeln sich zu leicht zu einem Husten. Kate, bringst du bitte das Holz herein?«

»Da ist nichts mehr zum Tragen«, sagte Lars. »Es muss welches gespalten werden.«

Anders zog sich auf seine Füße, griff nach den Krücken und humpelte zur Tür hinüber. Dort ließ er sich auf eine Bank fallen und zog Papas alte Arbeitsstiefel an.

Der erste Stiefel ging leicht über Anders' großen Fuß. Als er versuchte, den zweiten Stiefel über seinen verletzten Knöchel zu ziehen, zuckte er zusammen. Sein Knöchel war noch zu geschwollen.

Anders stellte den Stiefel ab und zog eine der Wollsocken an, die er über seiner anderen Socke getragen hatte. Schließlich nahm er seine Krücken auf und humpelte nach draußen.

Schon bald kam er entmutigt und ärgerlich zurück. »Ich schaffe es nicht!«, schimpfte er erregt.

»Sei nicht zu hart mit dir selbst«, tröstete Mama ihn. »Ich kenne niemanden, der auf einem Fuß stehend Holz spaltet.«

»Aber wenn ich es nicht spalte, wer dann?«, fragte Anders. »Ich hasse es, wenn ich etwas nicht tun kann – besonders, wenn ich etwas gut kann!«

»Ich werde dir helfen«, bot Kate an, obwohl sie sich fragte, ob sie es konnte. Sie folgte Anders nach draußen zum Holzstapel. Stämme verschiedener Größe, die bereits in kleinere Stücke gesägt waren, warteten darauf, gespalten zu werden.

Die meisten dieser Stücke waren für Kate zu schwer zum Heben. Sie wählte die kleineren aus, rollte sie zu Anders hinüber und kippte sie mit der gesägten Seite nach oben. Als sie zurücktrat, hob Anders die Axt und spaltete das Holz so oft wie nötig.

Mehrmals musste er sich auf einen Stamm setzen, um wieder Kraft zu sammeln. »Ich kann's nicht glauben, wie lange das dauert!«, rief er einmal aus, als er auf seinem gesunden Fuß hin und her wankte. Diesmal lehnte er sich gegen einen Schuppen.

»Glaub es nur, glaub es!«, neckte Kate.

Doch sie sah ihren Bruder in einer neuen Weise. *Es scheint für Anders sehr wichtig zu sein, dass er tun kann, was immer er sich zum Ziel gesetzt hat,* dachte sie. Anders war groß und besaß starke, muskulöse Arme, deshalb hatte er normalerweise keine Probleme mit allem, was er anfasste.

Sobald Anders einen Stapel Holz gespalten hatte, trug Kate Armladungen voll Holz ins Haus. In ihren Handschuhen blieben Holzspäne stecken. Schmutzflecken und Sägemehl bedeckten bald die vordere Seite und die Ärmel ihres Mantels.

Es dauerte nicht lange, bis Kates Schultern schmerzten. Sie kam sich mit ihrer Müdigkeit dumm vor. Als sie wieder nach draußen kam, betrachtete sie Anders. »Was ist das für ein Vogel, der da auf einem Bein steht? Ein Kranich?«

Anders grinste, als ahne er, wie lächerlich er aussah. Danach schien die Arbeit leichter zu gehen.

Der Rest des Tages schleppte sich dahin, während Kate Mama bei all den Dingen half, die zu erledigen waren. Mit Erleichterung bemerkte Kate schließlich, dass die Sonne am Horizont verschwand. Der kurze Winternachmittag war ihr wie eine Ewigkeit vorgekommen.

Als Tina den Abendbrottisch deckte, ließ Kate sich auf einen Stuhl fallen. Während Mama ihre Kartoffeln mit Butter bestrich, schaute sie Anders genau an.

Kate folgte Mamas Blick. Anders sah blass aus – fast genauso blass wie an dem Tag, an dem er sich seinen Knöchel im Wald verstaucht hatte. Kate war nicht nur müde, sondern fühlte sich unbehaglich.

Mama wartete, bis sie mit Essen fertig waren, dann meinte sie: »Anders, ich denke, ich werfe besser einen Blick auf deinen Knöchel.«

»Es geht mir gut«, antwortete er schnell.

»Du bist nur so blass, ohne Grund?«, fragte sie.

»Wirklich, Mama, es geht mir gut.«

Kate kicherte. Sie wusste, ein Schwede konnte halb tot sein und doch sagen: »Es geht mir gut.«

»Jo, das kann sein«, sagte Mama zu Anders. »Es kann aber auch nicht sein. Also lass mich nachsehen.«

Anders schob seinen Stuhl zurück und griff nach unten. Langsam zog er die Wollsocke herunter, wobei er mehr als einmal zusammenzuckte.

Kate warf einen Blick auf den Knöchel und biss sich auf die Lippe, um nicht aufzuschreien. Der Knöchel war blau, schwarz und dunkelrot. Die Socke hatte sich tief in das stark geschwollene Fleisch gedrückt und tiefe Spuren hinterlassen.

Kate konnte den Anblick kaum ertragen. Es tat ihr leid, dass sie gekichert hatte.

Während Mama den Knöchel untersuchte, indem sie ihn vorsichtig betastete, biss Anders die Zähne zusammen. Sogar Mamas vorsichtige Berührung schien zu schmerzen.

Ihre Stimme klang streng vor Sorge. »Anders, du hast heute zu lange gestanden. Du musst dein Bein hochlegen. Halte es oben, damit die Schwellung zurückgeht.«

Anders lächelte schwach, als verberge er, wie er sich wirklich fühlte. »Sicher, Mama. Sobald ich die Kühe gemolken habe.« Langsam und vorsichtig zog er die Socke an, die er gewöhnlich trug, dann griff er nach der dickeren Socke, die er für draußen benötigte.

Aber Mama war nicht so leicht abzufertigen. »Anders, ich will, dass du Kate beibringst, wie man die Kühe melkt.«

»Oh, Mama!«, schrie Kate auf. »Ich bin ein Mädchen. Du erwartest doch nicht von mir, dass ich –«

»Jo, ich erwarte von dir, dass du sie melkst.« Mama sprach mit einer Stimme, die keine Widerrede duldete.

»Das ist keine Arbeit für Mädchen«, protestierte Kate. »Es ist Arbeit für Jungen!«

»Kate!« Mamas Stimme klang scharf. So hatte Kate sie lange nicht gehört. »Wenn du in Schweden aufgewachsen wärst, wüsstest du es besser. In Schweden ist das Melken Frauenarbeit.«

»Aber Mama, wir sind in Amerika!«

»Wir sind sehr wohl in Amerika! Und wir arbeiten alle zusammen! Lars kann es nicht tun und Anders braucht Hilfe.«

Kate seufzte so laut, dass Mama es hörte. Aber sie wusste: Sie hatte keine Wahl. Sie zog den Overall an, den sie trug, wenn sie bei den Bienen war, darüber ihren Mantel. Anders humpelte durch den Schnee auf dem ausgetretenen Weg zur Scheune. Kate wünschte sich, der vor ihr liegenden Arbeit entrinnen zu können, doch sie folgte ihm.

In der Scheune humpelte Anders hinüber, um einen dreibeinigen Hocker zu holen. »Fräulein O'Connell, das ist Ihre Ausrüstung.« Seine Stimme klang todernst. »Sie müssen immer gut auf diesen Hocker achtgeben.«

»Ach, lass das!«, fuhr Kate auf.

Anders schmunzelte. »Jetzt weiß ich, dass Sie Ihre Arbeit nicht ernst nehmen, doch es ist wichtig, dass Sie das tun.«

Kate starrte ihn an, Anders schien es nicht zur Kenntnis zu nehmen.

»Auf Sie vertrauen wir. Ohne Milch werden wir nicht unser tägliches Brot haben.«

»Unser Brot?« Kate lachte.

»Jup«, sagte Anders mit ernster Stimme. »Unsere Nahrung. Ohne Sie werden wir keine Milch für unsere Hafergrütze haben.«

»Diese wundervolle Hafergrütze, die ich so sehr mag!«, erwiderte Kate.

Anders achtete nicht darauf. »Ohne Sie werden wir keine Milch für unseren Käse haben. Wir werden keine Butter für unseren Stockfisch haben.«

»*Stockfisch? Lute fisk.*« Kate betonte jede Silbe des Wortes, indem sie ihre Nase krauszog. Sie verabscheute den Geruch von gedörrtem Fisch, den die Schweden in Tunke einlegten und zu Weihnachten aßen.

Gerade in diesem Augenblick brachte Anders' Hund die letzte Kuh in die Scheune. Im Winter blieben die Tiere in der Nähe der Scheune, doch Lutfisk fand es immer noch erforderlich, sie in die Hacken zu zwicken.

Als Kate den Hund sah, meinte sie: »Du hast ihm wirklich einen lustigen Namen gegeben.«

Anders grinste. Vor ein paar Jahren war der Hund ein Weihnachtsgeschenk gewesen. Als er in den eingelegten Stockfisch geriet, fraß er diesen vollständig auf, bevor Anders ihn einfangen konnte.

Nun pfiff Anders, und Lutfisk kam sofort zu ihm. Anders ließ seine Krücken fallen und kniete sich hin.

Der Hund hatte hellbraunes und weißes Fell mit schwarzen Flecken an seinen Ohren und seinem Schwanz. Als er sich ausruhte und eine Pfote auf Anders' Ärmel legte, schaute er hoch und wartete. Anders kraulte den Hund hinter den Ohren.

Als Lutfisk sich zurück auf den Boden fallen ließ, übernahm Anders wieder die Rolle des Lehrers. Auf seinen Krücken schwang er sich zu der Kuh, die sich am weitesten links befand. Sie stand neben der hohen Bretterwand, die die Box von einem Durchgang trennte.

Während Anders den breiten Rücken der Kuh tätschelte, nahm er eine Kette, die durch einen Ring führte, der an einem Brett an der Vorderseite der Box befestigt war. Durch seine gute Übung darin sah es leicht aus, wie Anders die Kette um den Hals der Kuh streifte und die Enden festband.

»Das ist Clover«, sagte Anders. »Clover, begrüß Kate.«

Die Holsteiner Kuh drehte den Kopf herum, als

ob sie verstehen würde. In diesem Augenblick wurde Kate bewusst, wie groß das Tier war. Die schwarzen Flecken auf ihrer weißen Seite schienen sich ins Unendliche zu erstrecken. Kate war für ihr Alter ohnehin klein, fühlte sich jedoch neben Clover noch kleiner.

»Zuerst stellst du den Hocker auf die rechte Seite der Kuh«, fuhr Anders mit ernster Stimme fort.

Aber Kate erinnerte sich daran, dass man an ein Pferd von links herangehen musste. *Anders denkt, er kann mich reinlegen*, sagte sie sich. *Na, ich werde ihn hereinlegen!*

Sie nahm den Hocker und stellte ihn an Clovers linke Seite. Als Kate in die Box ging, stampfte die Kuh mit dem Hinterbein auf.

Kate sprang vor dem Huf zurück. Wieder blickte sie an der großen Kuh hoch, deren schwarzweiße Seite sich über ihr auftürmte. Um nichts in der Welt würde Kate Anders ihre Furcht zeigen. *Er wird mich Angsthase nennen.*

Sie beugte sich etwas vorwärts und versuchte dann, sich hinzusetzen.

Im nächsten Augenblick machte die Kuh einen Schritt zur Seite und drückte Kate gegen die hohe Wand.

Kate stemmte ihre Hände gegen die Seite der Kuh und schob mit aller Kraft. Es dauerte eine ganze Weile, bis Clover endlich wegging. Schnell wich Kate zurück, möglichst weit fort von den Hinterhufen der Kuh.

Anders schnaubte: »Du hast mir nicht geglaubt, stimmt's? Und ich habe versucht, dir zu helfen! Man geht bei Pferden immer an die linke, aber bei Kühen an die rechte Seite.«

Kate schlug das Herz bis zum Hals, sie griff nach dem Hocker und nahm ihn hoch. Vorsichtig ließ sie sich an Clovers rechter Seite nieder.

»Jetzt zeige ich dir, was du zu tun hast«, sagte Anders wieder ernst. Er griff über Kate hinweg und begann die Kuh zu melken. »So.«

Plötzlich fand Kate das Ganze komisch. Sie kicherte. »Wenn Sarah Livingston mich jetzt sehen könnte!«

»Wer ist Sarah?«

»Meine beste Freundin in Minneapolis. Bevor ich hierherkam, sagte sie mir, wie das Leben in einer Wildnis sein würde. Sie warnte mich vor Bären und Wölfen. Sie erklärte, dort gäbe es Blockhäuser, bei denen der Wind durch die Wände pfeift.«

»Jemand, der ein gutes Blockhaus baut, ist so klug, die Ritzen zu füllen«, erwiderte Anders steif.

»Nebenbei, die Leute beginnen damit, sie zu verkleiden. Jetzt pass auf.«

Aber Kate kicherte wieder.

»Schau her!« Anders hörte sich an wie ein Lehrer. »Zuerst schließt du eine Hand, dann die andere. Während du mit der einen Hand ziehst, lässt du mit der anderen locker, und das immer abwechselnd.«

Kates Schultern bebten vor Lachen.

Anders trat zurück. »Wenn du das alles so lustig findest, dann versuch es selbst!«

»Oh, jeder kann eine Kuh melken!«, erwiderte Kate.

Sie nahm den Eimer und stellte ihn zwischen die Knie, wie sie es bei Anders gesehen hatte. Als sie nach vorne griff, fiel der Eimer um und rollte über den schmutzigen Boden.

Anders schüttelte den Kopf. »Schmutziger Eimer, schmutzige Milch.« Er nahm einen zweiten Eimer von einem Nagel, der in einen Balken geschlagen war. »Jetzt pass auf, dass der hier sauber bleibt.«

Vorsichtig stellte Kate den Eimer zwischen ihre Knie und drehte sich wieder zur Kuh. Im gleichen Augenblick schlug die Kuh mit dem Schwanz und traf Kate ins Gesicht. Kate sprang auf, und der zweite Eimer rollte über den Boden.

»Ah, Kate.« Anders klang verärgert. »Selbst ein Stadtmädchen kann das besser machen.«

Erneut nahm er einen Eimer herunter. »Das ist der letzte, den wir haben. Jetzt halt ihn sauber.«

Kate nickte ernst, sie begann zu begreifen, dass

Melken wohl doch nicht so einfach war. Sie tat, was Anders ihr gezeigt hatte, und versuchte, die Kuh zu melken. Es kam nichts.

»Komm, noch mal«, drängte Anders.

Wieder versuchte Kate es. Wieder kam nichts.

»Ich hab gleich gesagt, das ist keine Mädchenarbeit!«, rief Kate. Die Kuh begann ihr leidzutun.

Anders stöhnte, dann sagte er: »Steh auf!« Er ließ sich auf den Hocker fallen und streckte sein verletztes Bein seitlich neben der Kuh aus. »Jetzt halt deine Augen offen. In dieser Zeit hätte ich alle zwölf Kühe fertig melken können.«

Kates Temperament loderte auf. »In dieser Zeit könnte *ich* das Geschirr gespült und Orgel geübt haben!«

Noch einmal forderte Anders sie auf, sich hinzusetzen. Es waren mehrere Versuche notwendig, bevor Milch in Kates Eimer tröpfelte. Allmählich jedoch hatte sie Erfolg. Sie war sogar etwas aufgeregt über das, was sie zustande brachte. Dann bemerkte sie, dass Milch in die Ärmel ihres Mantels geflossen war. Ihre Arme waren feucht.

Anders humpelte zur Pumpe, wusch die anderen Eimer aus und setzte sich neben die nächste Kuh. Sofort sprühte die warme Milch in Anders' Eimer.

Lutfisk hob den Kopf.

Anders drehte seine Hände leicht und zielte einen Milchstrahl auf das Maul des Hundes.

Lutfisk streckte seine lange Zunge heraus und leckte die Milch ab. Dann trottete er in eine Ecke hinüber und nahm eine Sardinenbüchse zwischen die Zähne. Mit der Büchse kam er zu Anders zurück, setzte sie auf den Boden und wartete darauf, dass Anders sie füllte.

Es dauerte nicht lange, und Anders hatte vier Kühe gemolken, wogegen Kate erst mit einer fertig war. Als sie alle zwölf Kühe fertig hatten, sah Anders, selbst im Licht der Laterne, noch bleicher aus.

»Hol den Hafer für Wildfire, Kate, ja?«

»Hafer? Von wo?«

Anders deutete mit dem Kopf zu einem Durchgang. »In dem Kasten. Siehst du, wie er verschlossen ist? Pass auf, dass du ihn wieder genauso zumachst. Wenn du es nicht tust, hebt Wildfire den Deckel mit der Nase hoch.«

Kate schüttete Hafer in einen Kübel und verschloss den Kasten wieder sorgfältig. Als sie Wildfire den Kübel hinhielt, grub die Stute ihre Nase tief in das Getreide.

»Schrecklich schönes Pferd, was?«, fragte Anders.

Kate, die den Stolz in seiner Stimme heraushörte, nickte. »Schwarzes, glänzendes Fell. Weiße Socken und Stern. Jup. Eine wirklich schöne Stute.«

»Bring mir bei, sie zu reiten, ja, Anders?« Kate hatte gelernt, Wildfire vor den kleinen Schlitten zu spannen, der nur für wenige Personen benutzt wurde. Zweimal war sie mit Anders ohne Sattel geritten, doch sie hatte die Stute noch nie selbst geritten.

»Nein«, sagte Anders.

»Warum nicht? Du hast mir beigebracht, wie man sie zäumt.«

»Du kannst sie nicht reiten.«

»Ach, Anders, komm schon. Wenn du mich reiten lässt, passe ich dafür ab und zu für dich auf Tina auf.«

Dennoch lehnte Anders ab. Er humpelte mit Kate zum großen Tank hinaus, in dem sich das Wasser befand, mit dem die Tiere getränkt wurden. In dem Tank befand sich ein Ofen, der im Winter das Wasser wärmte.

Die Tankheizung sah wie ein U aus, dessen Seiten leicht nach unten gebogen waren. An einem Ende des U ragte ein Ofenrohr über das Wasser. Am anderen Ende befand sich eine Öffnung, um Holz hineinzuschieben.

Anders ließ seine Krücken fallen, hob den Ofendeckel und schob Zündholz und kleine dicke Holzstücke hinein. Dann ließ er einen angezündeten Span in das Rohr hinunterfallen. Kate sah zu, wie das Feuer das Holz auf dem Grund erfasste.

»Bei diesem Wetter müssen wir die Tankheizung die ganze Nacht am Laufen halten«, erklärte Anders.

»Oder das Wasser friert ein?«, fragte Kate.

»Bis morgens zu einem dicken Eisklumpen.«

Als das Feuer gut brannte, forderte Anders Kate auf, von einem Stapel in der Nähe noch mehr Holz hineinzuschieben. Dann kehrte er zur Scheune zurück, um einen weiteren Blick auf Wildfire zu werfen.

Kate folgte ihm. »Warum kann ich sie nicht reiten?«, fragte sie erneut. »Nenn mir einen Grund.«

»Du Quälgeist«, stöhnte Anders. »Du weißt ja gar nicht, wie du mit ihr umgehen musst.«

»Du könntest es mir beibringen.«

»Mit einem Pferd musst du sehr sorgfältig umgehen. Lässt du es nach einem schnellen Ritt nicht langsamer werden, beginnt es zu lahmen.«

»Dann beginnt es zu lahmen?«, fragte Kate.

»Es wird krank. Du musst Wildfire abreiben, wenn sie ins Schwitzen gerät. Und du musst darauf achten, was sie frisst. Wenn sie zu viel Hafer frisst, greift das ihren Kreislauf an. Sie würde steife Beine bekommen.«

»Verkrüppeln?«, fragte Kate.

Anders nickte. »Verkrüppeln für den Rest ihres Lebens. Sie könnte sogar sterben.« Anders rieb Wildfires Nase. »Jup. Ich muss furchtbar gut auf dich achtgeben.«

Plötzlich spürte Kate einen kalten Luftzug. Sie schaute sich um, doch die Tür der Scheune war geschlossen und hielt den Wind ab. Trotzdem fühlte Kate eine innere Unruhe, als sie Anders mit seinem Pferd betrachtete. Er hatte hart gearbeitet, um die Stute zu bekommen. Wildfire bedeutete ihm sehr viel.

Als sie darüber nachdachte, wurde ihr bewusst, dass die Stute auch ihr eine Menge bedeutete. Sie versuchte, einen schrecklichen Gedanken beiseitezuschieben. *Was wäre, wenn Wildfire etwas zustoßen würde?*

Wettlauf mit der Zeit

Ich werde gut für Wildfire sorgen, versprach sich Kate. *Ich werde achtgeben, dass ihr nichts geschieht.*

Aber Kates Unbehagen wollte nicht weichen. Im Laufe des Abends dachte sie mehr als einmal an die Stute ihres Bruders. *Was würden wir ohne sie anfangen?*

Wie Anders zumute sein würde, war schlimm genug. Dazu kam, dass die einzigen anderen Pferde in der Nähe Lundgrens gehörten. Im Winter lag ihre Farm einen langen kalten Fußmarsch durch die Wälder entfernt.

Gleichzeitig wünschte Kate sich sehnlichst, Wildfire zu reiten. Am nächsten Tag fragte sie Anders erneut. Wieder sagte er: »Nein!«

Während die eisigen Wintertage vorübergingen, behielt Mama Lars und seine Erkältung sorgfältig im Auge. Anders pflegte seinen Knöchel und legte ihn oft hoch. Die bläulich-rote Farbe verblasste zu Gelb und einem leichten Grün. Allmählich ließ die Schwellung nach.

Am Januarnachmittag vor Anders' Geburtstagsparty ging Kate den langen Fuhrweg hinunter zum Briefkasten. Als sie die Hauptstraße erreichte, fand sie einen Brief von Papa. Mit dem Gefühl, einen Schatz entdeckt zu haben, lief sie schnell den ganzen Weg ins Haus zurück.

Als Mama den Brief sah, machte sie es sich auf

ihrem Lieblingsstuhl bequem. Ihre Augen strahlten vor Glück. Als alle sich um sie versammelten, öffneten Mamas sonst so geschickten Hände in ihrer Ungeduld unbeholfen den Brief.

Papa hatte in Schwedisch geschrieben, und Mama begann laut vorzulesen. Tina beugte sich vor und stützte sich auf Mamas Knie. Anders und Lars kamen näher. Nur Kate trat zurück.

Ich versuche Schwedisch zu lernen, dachte Kate. *Aber alle anderen haben es immer schon gesprochen, bis sie in der Schule Englisch lernten. Denkt Mama nicht daran, wie wenig ich verstehe?*

Kate fühlte sich von den anderen ausgeschlossen. Ruhelos zog sie sich noch weiter zurück.

Mama bemerkte es. »Es tut mir leid, Kate. Ich habe es vergessen.« Sie kehrte zur ersten Seite zurück und übersetzte Papas Worte ins Englische. »Papa schreibt, dass er eine sichere Rückfahrt hatte. Keine Probleme mit dem Wetter. Die Löhne sind dieses Jahr gut.«

Während Mama las, bewegte sich ihr Blick schnell über die Seite. Ihre Worte klangen sicher und stark. Dann kam sie an die Stelle, an der sie unterbrochen hatte, um den Anfang zu übersetzen.

»Papa erzählt von seinem Camp. Es ist oben im schweren Nutzholz. Einige der Weißkiefern sind 1,20 Meter im Durchmesser. Ab und zu sogar 1,50 Meter.«

Mama wurde langsamer, so als müsste sie überlegen. Ihr Blick eilte über die nächsten Zeilen. Als sie wieder zu übersetzen begann, stolperte sie über die Worte.

Zuerst dachte Kate, Mama sei so sehr in Eile, um jede einzelne Nachricht über Papa zu erfahren. Doch der Blick ihrer Mutter schien sich schneller zu bewegen, als sie sprach. Kate fühlte sich unbehaglich.

Was macht Mama?, fragte sich Kate, während sie das lange Ende ihres Zopfes drehte. *Lässt sie Teile des Briefes aus?* Da standen zu viele Worte, im Vergleich zu dem, was Mama übersetzte.

Im gleichen Augenblick stand Anders auf. Er blickte Mama über die Schulter und las den Brief selbst. Anders konnte Schwedisch genauso gut lesen wie Englisch. Er wusste nun, was Papa schrieb. Und Kate würde ihr Bestes tun, um es herauszufinden.

Als Kate an diesem Abend die Treppe hochstieg, dachte sie an Papas seltsamen Brief. Warum hatte Mama nicht alles davon laut gelesen?

Obwohl die vielen Ereignisse an diesem Tag sie müde gemacht hatten, konnte Kate nicht einschlafen. Sie drehte sich von einer Seite auf die andere, knuffte ihr Kissen und rutschte tief unter die warme Steppdecke.

Es half nichts. Kates Gedanken kamen nicht zur Ruhe. Sie dachte an Josies Kätzchen, das immer wieder verschwand, den wertvollen, verlorenen Ring, die vermisste Schnalle. Dann fiel ihr wieder Papas Brief ein. Je mehr sie darüber nachdachte, desto wacher wurde sie. Am meisten beunruhigte sie, dass Mama bestimmte Teile weggelassen hatte.

Anders weiß es. Ganz gleich, was nicht in Ordnung ist: Er weiß, was es ist, dachte Kate. Auch seine blauen

Augen hatten besorgt unter dem blonden Haarschopf hervorgeblickt.

Schließlich gab Kate den Versuch einzuschlafen auf. Ihre Gedanken wanderten zu einem Stück von Mamas gutem, braunem Brot. Sie wusste, wie gut es schmecken würde, bestrichen mit frischer Butter.

Kurzentschlossen zog sie ihren Morgenmantel an, schlich auf Zehenspitzen die Stufen hinunter und dann durch den vorderen Raum ins Esszimmer. Mamas Schlafzimmer lag daneben. Kate schlich noch leiser, um ihre Mutter nicht zu wecken.

Als Kate zur Küchentür kam, schlug die Uhr gerade zehn Mal. Zu ihrer Überraschung sah Kate Mama am Küchentisch sitzen. Einen Augenblick stand Kate vor der Türöffnung und betrachtete sie.

Goldblonde Haarsträhnen hingen über Mamas Stirn hinunter und ließen sie sanft und ungeschützt aussehen. Doch da war noch etwas anderes in ihrem Gesichtsausdruck, etwas, das Kate nachdenklich stimmte. *Hat Mama Angst?*

Ihre schlanken Hände hielten einen Brief, der aussah wie Papas Brief. Mamas Lippen bewegten sich, als wolle sie jedes Wort im Gedächtnis behalten.

Kate beobachtete, wie eine Träne Mamas Wange hinunterlief und auf die Seite tropfte. Vorsichtig tupfte Mama sie ab.

Dann hörte Kate jemanden an der Außentür. Schnell schob Mama ihr Haar an Ort und Stelle und wischte sich die Tränen von den Wangen.

Kate trat zurück, um außer Sichtweite zu kommen. An dem Geräusch erkannte sie, dass es Anders war, der seine Krücken gegen die Wand lehnte. Kate wich noch weiter ins Esszimmer zurück. *Warum ist er immer noch auf?*

»Alles in Ordnung?«, fragte Mama Anders, wobei ihre Stimme zitterte.

»Jup! Die Schafe sind so sicher aufgehoben wie in Abrahams Schoß.«

Kate fragte sich, ob Anders um Mamas willen versuchte, so fröhlich zu klingen. Sie hörte, wie er zum Herd hinüberging.

»Er braucht mehr Holz«, sagte Mama; ihre Worte klangen holprig, als koste es sie Mühe, ruhig zu bleiben.

Ein Ofenring klirrte. Kate wusste: Anders hatte ihn hochgehoben, um Birkenholzstücke hineinzuschieben.

»Kaffee?«, fragte er Mama. Kate brauchte es nicht zu sehen. Mama würde ihre Tasse heben, während Anders dampfend heißen Kaffee hineingoss.

Ein Stuhl schrabbte über den Boden. Anders musste sich gegenüber von Mama hingesetzt haben. Nach langem Schweigen sagte er: »Ich habe den Rest des Briefes gelesen.«

»Ich dachte es mir«, antwortete Mama. Dann senkte sie ihre Stimme, sodass Kate trotz aller Mühe ihre Worte nicht mehr verstehen konnte.

»Papa ist bestimmt in Sicherheit«, sagte Anders zu ihr, und Kate fragte sich, ob er das nicht ebenso zu sich selbst sagte.

»Aber er hat geschrieben –« Mama wechselte ins Schwedische.

Englisch, Mama!, hätte Kate am liebsten geschrien. *Englisch!* Als Anders wieder sprach, benutzte auch er das Schwedische.

Mama schniefte und putzte sich die Nase. Dieses Geräusch verängstigte Kate noch mehr als die Worte, die sie nicht verstand. Mama weinte nie, es sei denn, es handelte sich um etwas wirklich Ernstes.

Worüber sprechen sie?

Neben Kates Furcht stieg ein weiteres Gefühl in ihr hoch. Mama und Anders schienen zwei Freunde zu sein, wie sie dort zusammensaßen. Zum zweiten Mal an diesem Tag fühlte Kate sich ausgeschlossen.

Ein Teil in ihr wollte hineingehen und bitten: »Sagt es mir auch.« Der andere Teil in ihr dachte daran, wie sehr Mama Lauschen verabscheute. Sie wollte nicht, dass Kate lauschte, wenn andere Leute miteinander sprachen.

Vorsichtig, um kein Geräusch zu verursachen, blieb Kate außer Sichtweite. Eine lange Zeit hörte sie zu, aber Mama und Anders sprachen kein Englisch mehr. Nur einmal erkannte Kate ein Wort, das Wort *Wolf*. Allein der Klang ängstigte sie.

Bald danach hörte Kate erst einen, dann einen weiteren Stuhl über den Küchenboden schrabben. Als sich der Türöffnung, an der sie stand, Schritte näherten, huschte Kate schnell zur Treppe. Oben stürzte sie ins Schlafzimmer und schloss die Tür gerade, als Anders begann hinaufzugehen.

Keuchend und außer Atem lehnte Kate sich mit dem Rücken gegen die Tür. Sie dachte angestrengt nach. *Was immer nicht in Ordnung ist: Mama will nicht, dass ich, Lars und Tina es wissen. Warum? Warum hat sie es Anders gesagt und nicht mir?*

Um es herauszufinden, musste Kate Mama allein sprechen.

Am nächsten Morgen betrat Kate die Küche. Sie wollte unbedingt mit Mama über den Brief reden. Aber Tina und Lars waren bereits dort und halfen Mama, alles für die Überraschungsparty vorzubereiten.

Kate wusste, dass Anders keine Party erwartete. Kinder feierten selten eine Party, und wenn sie eine feierten, brachten ihre Freunde keine Geschenke mit. Doch Mama wollte Anders' dreizehnten Geburtstag richtig feiern. Kate hoffte, es würde für Anders eine große Überraschung werden.

Sie warteten mit dem Essen, bis er zum Frühstück hinunterkam.

»Herzlichen Glückwunsch zum Geburtstag, Anders!«, rief Tina mit leuchtenden Augen. Lars lächelte seinem großen Bruder zu, und Kate sang ein Lied.

Auch Mamas gute Wünsche kamen von Herzen. Gleichzeitig schien sie jedoch für den großen Tag unvorbereitet zu sein. »Oh, Anders, ich brauche noch Zucker«, sagte sie. »Würdest du für mich zu Olsons fahren?«

Hinter Anders' Rücken grinste Kate zu Lars hinüber. Mama hatte nicht gelogen. Sie brauchte wirklich Zucker, aber nur, weil der Kuchen bereits fertig und versteckt war.

Kate und Mama hatten einen Plan ausgeheckt, um Anders von der Farm fortzulocken, während seine Freunde ins Haus schlichen. Keiner würde auf der Straße kommen, die von Olsons herführte.

So weit lief alles perfekt, und Kate hatte eigentlich allen Grund, fröhlich sein. Doch ihr ging Josies Familie nicht aus dem Kopf. Wenn ihre Freundin heute kam, was würde sie von dem vermissten Ring berichten?

Langsam stand Kate auf. Sie dachte ungern daran, dass sie die Kühe diesmal allein melken musste. Gestern Morgen ging es Lars gut genug, dass er die Scheune ausmisten konnte. Heute ging es ihm wieder schlechter.

Kate schleppte sich nach draußen. *Ich muss mich beeilen*, dachte sie. *Ich will fertig sein, bevor irgendjemand kommt.*

Doch nichts funktionierte richtig. Als Kate versuchte, Clover zu melken, bewegte sich die große Kuh unruhig hin und her. Schließlich fiel Kate ein, dass sie sie gar nicht gefüttert hatte.

Kate setzte den halbvollen Milcheimer ab und kletterte die Leiter zum Heuboden hinauf. Sie sammelte Armladungen voll Heu und warf sie in den Gang hinunter, der um die große offene Box herumlief.

Wieder unten angelangt, breitete sie das Heu vor den Kühen aus.

Clover drängte vorwärts. Sie zeigte Kate ihre großen Zähne und rollte mit ihren braunen Augen. Kate ging der Kuh schnell aus dem Weg.

Clover schüttelte den Kopf.

»Du lachst über mich, stimmt's?«, fragte Kate.

Dann entdeckte Kate drei Katzen, die auf ihren Hinterfüßen standen und Milch aus dem Eimer tranken, den sie vergessen hatte. »Weg mit euch!«, rief Kate, und sie liefen davon. Doch sie warfen auch den Eimer um. Die Milch floss heraus, mischte sich mit dem Erdboden und verwandelte sich in eine braune Brühe.

Mit einem langen »Muuuuh« drehte Clover ihren Kopf zu Kate. »Du *lachst* über mich!«, rief Kate.

Alle werden um 9.30 Uhr kommen, dachte sie. *Josie und Erik sind jetzt vielleicht schon auf dem Weg hierher.* Schnell schüttete Kate Hafer für Wildfire auf, dann warf sie Heu in den Verschlag der Schafe. Gewöhnlich sprach sie mit den Schafen. Heute arbeitete sie schnell weiter, um fertig zu werden.

Wieder begab sich Kate ans Melken. Jedes Mal, wenn sie einen Eimer gefüllt hatte, leerte sie ihn in einen größeren, zugedeckten Eimer. Es klappte jetzt besser, und Kate war sich sicher, dass sie rechtzeitig fertig werden konnte. Sie war sogar stolz auf all das, was sie in der Versorgung von Tieren gelernt hatte.

Wenn Sarah Livingston mich jetzt sehen könnte!, dachte Kate, wie schon viele Male vorher.

Sie melkte gerade die letzte Kuh, als Lutfisk die Sardinenbüchse zwischen seine Zähne nahm. Er stellte sie neben Kate und bellte.

Kate drehte die Hände wie Anders und versuchte, den Milchstrahl in die Büchse zu richten. Als sie die Büchse verfehlte, versuchte sie es noch einmal. Jedes Mal schoss die Milch außerhalb der Büchse auf den Boden. Schließlich gab Kate auf, kippte den Eimer und goss Milch in die Sardinenbüchse.

Da stampfte die Kuh mit dem Hinterbein auf. Sie machte einen Satz zur Seite, stieß an den Eimer, und der Rest der Milch platschte auf den Boden.

Kate wollte aufspringen, verlor das Gleichgewicht und setzte sich hart auf den Hosenboden.

Nur einen Augenblick saß sie dort, dann krabbelte sie auf die Füße. Doch es war schon zu spät: Stiefel, Mantel, Overall und Hände waren voller Matsch.

Plötzlich hörte Kate, dass sich die Scheunentür öffnete. »Kate?«

Uh-oh! Erik! Außer sich vor Schreck blickte Kate an sich hinunter. Sie war von Kopf bis Fuß nass und dreckig.

Mit einer Handvoll Heu versuchte sie den Matsch abzuwischen. Stattdessen blieb das Heu an ihrem Wollmantel kleben und machte alles nur schlimmer.

»Kate?«, rief Erik wieder.

Kate rannte zu Clover, schob sich an der Kuh vorbei und glitt in den dunklen Zwischenraum neben der hohen Bretterwand. Sie hoffte, bei dem dämmrigen Licht würden die Schatten sie verbergen.

Kates Wahl

Einen Augenblick später entdeckte Erik sie. »Wie kommst du mit dem Melken zurecht?«

»Ich bin fast fertig.« Sie holte tief Luft, um zu Atem zu kommen.

»Deine Mutter sagt, du wärst schon furchtbar lange hier.«

»Nicht so lang«, entgegnete Kate und versuchte, ruhig zu klingen. Sie wollte nicht, dass Erik erfuhr, wie schwer es für sie war, zwölf Kühe zu melken.

»Stadtmädchen« nennt Anders mich. Kate hasste es zuzugeben, dass er recht hatte. Zugleich war sie aber auch stolz, dass sie schon so viel gelernt hatte.

»Was ist los?«, fragte Erik.

Kate schluckte. Um nichts in der Welt würde sie ihm erzählen, dass sie die Milch verschüttet und sich auf den Hosenboden gesetzt hatte. Sie wollte auf keinen Fall, dass Erik sah, wie schrecklich sie aussah. Deshalb versuchte sie, sich weiter in den Schatten zurückzuziehen.

»Ich bin fast fertig«, erklärte sie und hoffte, er würde gehen. Sie hatte nur den einen Wunsch, sich sauber machen zu können.

»Ich helfe dir, fertig zu werden«, bot Erik an und kam näher. »Es werden bald alle da sein.«

»Nein!«, platzte Kate heraus. »Ich mache es selbst!«

Erik trat einen Schritt zurück. »Schon gut, du musst deshalb nicht gleich wütend werden!«

»Das bin ich nicht! Ich meine, danke – ich meine, ich mache alles fertig, sobald du gehst.«

Erik sah verletzt aus. »Ich wollte nur helfen.«

»Das tust du. Ich meine, hast du. Bist du.«

»Ich bringe die Milch rein.«

»Nein!«, platzte Kate wieder heraus. Er würde ahnen, wie viel sie verschüttet hatte.

Erik starrte sie befremdet an. Diesmal ging er an Clover vorbei zum Zwischenraum, in dem Kate sich versteckte. Zum ersten Mal konnte er sie richtig sehen.

Als seine Mundwinkel sich nach oben bogen, blickte Kate auf ihre schmutzigen Sachen hinunter. Der Schatten reichte nicht aus. Er verbarg nicht den Matsch, der sie von Kopf bis Fuß bedeckte.

Erik schlug mit der Hand gegen die Box und bog sich vor Lachen. Der Klang seines Lachens schien durch die ganze Scheune zu hallen.

Kate lief rot an. Langsam kam sie aus der Box hervor.

Im Licht, das durch die offene Tür hereinfiel, studierte Erik ihr Gesicht. Das Lachen erstarb auf seinen Lippen.

»Kate«, sagte er und klang so, als versuche er, ernst zu bleiben: »Du hast nur noch ein paar Minuten Zeit.« Doch seine Stimme stockte.

Er holte tief Luft und versuchte, sein Gesicht zu straffen. »Gleich sind alle da. Meinst du nicht, du solltest dich waschen?« Unwillkürlich begann er zu grinsen, und schließlich konnte er sich das Lachen nicht mehr verkneifen.

Kate flüchtete ins Haus und fragte sich, ob sie jemals den Klang seines Lachens vergessen würde.

Sie erreichte die Hintertür und schlüpfte in die Küche. Als sie die Stiefel auszog, die sie in der Scheune getragen hatte, fielen Dreckklumpen auf Mamas sauberen Boden. Kate schob die Stiefel unter eine Bank. Ihren mit Matsch bespritzten Mantel hängte sie an einen Holznagel und hatte nur einen Wunsch: sich zu waschen und umzuziehen, bevor alle anderen sie sahen.

Eine Schüssel mit sauberem Wasser wartete auf sie. Kate beugte sich vor und warf sich Wasser ins Gesicht, dann schnappte sie nach Luft. Das Wasser war eiskalt. Mama musste es schon vor einer ganzen Zeit hinausgestellt haben.

Kate fröstelte, doch sie wusste: Sie hatte keine andere Wahl, als es zu benutzen. Sie tauchte ihre Hände und Arme in die Schüssel, griff nach dem Stück Seife und schrubbte den Dreck ab.

Jedes Mal, wenn das Wasser ihre Haut berührte, fuhr sie zusammen. Das kalte Wasser schien den Schmutz nur zu verschmieren. Schließlich gab Kate auf und wischte so viel sie konnte an einem Handtuch ab.

Im gleichen Augenblick hörte sie ein Klopfen an der Tür. »Mama!«, schrie Kate und rannte durch die Küche. In der Türöffnung zum Esszimmer traf sie ihre Mutter. »Es ist jemand hier!«

Als sie durch das vordere Zimmer flüchtete, kicherte hinter einem Stuhl ein Mädchen. Kate stürzte die Stufen hinauf.

In ihrem Schlafzimmer zog sie den feuchten Overall und das Kleid darunter aus, wickelte beides zu einem Knäuel zusammen und versteckte es unter ihrem Bett. Hier, wo das Sonnenlicht durch die Fenster fiel, konnte sie sich richtig sehen. Es war hoffnungslos.

Als Kate aus einem der vorderen Fenster blickte, kam gerade Eriks Schwester Chrissy aus dem Wald. Bald würde sie das Feld zwischen den beiden Farmen überqueren.

Durch ein Fenster an der Seite des Hauses erspähte Kate Josie, Stretch und Maybelle, die den Weg von der Schule am Spirit Lake heraufkamen. Kate seufzte. *Was soll ich bloß machen?*

Dann hörte Kate durch das Bodengitter, das Wärme in ihr Schlafzimmer ließ, leise, aufgeregte Stimmen. Als sie durch das Gitter in den vorderen Raum hinunterblickte, sah Kate noch mehr Kinder. Sie kauerten sich am Boden zusammen und versuchten, still zu sein.

Alle sind da! Ich werde die Überraschung verpassen!

Schnell zog Kate ihr bestes Kleid über den Kopf. Dann dachte sie an ihr Haar und stürzte zum Spiegel. Lange Strähnen hatten sich aus ihrem schwarzen Zopf gelöst und hingen ihr ins Gesicht. Kate bürstete sie zurück und entfernte Heu von ihrem Zopf.

Ein unterdrücktes Kichern drang durch das Gitter hoch, als jemand Anders' Namen erwähnte.

Kate warf die Bürste hin und schaute noch einmal in den Spiegel. Auf ihrer Stirn befand sich noch ein dunkler Schmutzfleck. Kate wischte fest und bemühte sich, ihn wegzureiben. Ungestüm drehte sie sich zum Fenster. Anders kam aus der Scheune!

Kate eilte zur Tür und stürzte die Treppe hinunter. Im vorderen Raum quetschte sie sich neben Josie und versuchte, im Schatten zu verschwinden.

Jemand lachte.

»Schhhhh! Er ist da!«, warnte Kate.

Augenblicklich hörte das Kichern auf.

Dann hörte Kate, dass Anders in der Küche mit Mama sprach. Bald darauf schlugen zwei Krücken dumpf auf den Boden des Esszimmers und kamen näher.

Als Anders den vorderen Raum betrat, sprang zuerst Erik auf, dann Kate und die anderen. »Überraschung! Überraschung!«

Anders machte vor Schreck einen Schritt nach hinten. »Das ist wirklich eine Überraschung! Ganz bestimmt!«

Er drehte sich um und lächelte Mama an. »Du brauchtest also Zucker! Du wolltest mich nur aus dem Haus haben!«

»Herzlichen Glückwunsch zum Geburtstag!«, rief Josie, wobei ihre haselnussbraunen Augen vor Freude tanzten.

Kate lachte mit den anderen. Es machte Spaß, Anders so völlig überrumpelt zu sehen. Ihr Plan hatte funktioniert!

Aber einen Augenblick später erstarb Kate das Lachen auf den Lippen. Aus einer der Ecken kam Maybelle hervor. Ein selbstsicheres Lächeln umspielte ihre Lippen. Ihr sanftblaues Kleid sah sauber und ordentlich aus und ließ ihre braunen Augen leuchten.

Ihr langes, schönes Haar hing nicht länger in Zöpfen herunter. Es schwebte frei um ihre Schultern. Maybelle hatte *Locken*!

Schnell rieb sich Kate die Stirn und hoffte, dass sie allen Dreck abgewischt hatte. Gleichzeitig bemerkte sie, dass die Haarsträhnen ihr wieder ins Gesicht hingen.

Maybelle lachte – dieses weiche, hell klingende Lachen, als schlage ein Löffel gegen ein Glas. Sie schaute zu Erik auf und lächelte. »Es war eine gute Überraschung, nicht wahr, Erik?«

Kate wünschte, sie könnte verschwinden wie Josies Kätzchen. Doch dann fiel Kates Blick auf Stretch.

Als der große Junge mit dem lockigen blonden Haar aus der Ecke hervortrat, erblickte auch Anders ihn. Einen Moment lang schauten sie einander an, und durch die Luft schienen Funken zu sprühen.

»Herzlichen Glückwunsch zum Geburtstag!«, sagte Stretch.

»Danke«, antwortete Anders. »Danke, dass du gekommen bist.« Doch seine Stimme klang halbherzig. Er wandte sich zu schnell ab.

Stretch wurde rot. Es musste ihm keiner sagen: Anders traute ihm noch immer nicht.

Ich habe alles nur schlimmer gemacht, dachte Kate

und vergaß ihr Aussehen. *Ich habe für Stretch alles nur schlimmer gemacht.* Der Gedanke bedrückte sie.

Doch dann ging Erik zu Stretch hinüber und begann, sich mit dem großen, dünnen Jungen zu unterhalten. Bald lächelte Stretch. Seine Verlegenheitsröte verschwand.

Kurz darauf betrachtete Kate Josies Gesicht – betrachtete es genauer. Etwas stimmte ganz und gar nicht. Josies haselnussbraune Augen tanzten nicht mehr vor Freude.

»Hast du weitere schlechte Nachrichten bekommen?«, fragte Kate.

Ihre Freundin nickte. »Papa hat wieder mit diesem alten Wucherer gesprochen. Herr Harris sagt, er gibt uns nicht mehr Zeit. Er sagt, das Geld muss bis zum 25. Januar gezahlt werden – sonst … Bis dahin sind es nur noch zwei Wochen.«

»Hast du irgendwelche Hinweise auf den Ring?«, fragte Kate. »Irgendetwas, und wenn es noch so unwichtig scheint?«

Josie überlegte einen Augenblick. »Nur eine Sache«, sagte sie langsam. »Erinnerst du dich an die beiden Schachteln? Man steckte eine in die andere, um sie zu verschicken. Wer auch immer den Ring genommen hat, hat sich nicht um die Schachteln gekümmert.«

»Waren die Deckel wieder drauf?«, fragte Kate. »Oder die kleinere Schachtel in der größeren?«

Josie schüttelte den Kopf. »Vielleicht ist es unwichtig.«

»Gut, lass uns weiter darüber nachdenken«, meinte Kate.

Da bemerkte Maybelle Kates Heimorgel an der Wand des vorderen Raums. »Ist das deine?«, fragte sie strahlend. »Ich kann für euch alle spielen.«

»Du kannst spielen?«, platzte Kate heraus.

»Natürlich«, antwortete Maybelle und klang dabei, als ob es für jeden eine Ehre sein würde, sie spielen zu hören. »Ich spiele sehr gut.«

»Genauso wie sie alles andere auch tut«, flüsterte Josie Kate leise zu.

Kate stand wie erstarrt auf der Stelle, unfähig, etwas zu sagen. Sie wusste nur: Sie wollte nicht, dass Maybelle die Tasten berührte. Obwohl sie es nicht in Worte fassen konnte, wusste Kate: Etwas ganz Besonderes würde zerstört.

Als Maybelle auf die Orgel zuging, fühlte Kate sich hilflos, nicht in der Lage, etwas dagegen zu unternehmen.

Doch Anders hüpfte schnell auf einem Fuß hinüber und stellte sich zwischen Maybelle und das Tasteninstrument. »Zeit für Spiele.« Er drehte sich zu Kate. »Du hast Spiele für diese Party geplant, stimmt's?«

Schnell rückte Kate zwei Reihen hölzerner Stühle in die Mitte des Raums. Während sie die Stühle Rücken an Rücken stellte, zählte sie sie, um sicher zu sein, dass sie einen Stuhl weniger hatte, als die Anzahl der Mitspieler betrug.

»Also gut, stellt euch zur ›Reise nach Jerusalem‹ hin«, forderte sie sie auf.

Alle rannten vor und bildeten eine Reihe. Kate setzte sich an die Orgel und begann zu spielen.

Die anderen marschierten immer wieder im Kreis um die Stühle. Abrupt hörte Kate auf zu spielen. Kreischend vor Lachen balgten sich alle um einen Sitzplatz.

Josie war nicht schnell genug und schied aus. Als sie sich an die Seite stellte, entfernte ein Junge einen Stuhl aus dem Kreis. Wieder begann Kate zu spielen. Jedes Mal, wenn sie aufhörte, fehlte einer weiteren Person ein Stuhl. Schließlich war nur noch ein Stuhl für zwei Leute übrig. Eriks Schwester Chrissy gewann.

Als ein Jubelruf erscholl, spürte Kate, dass jemand hinter ihr stand. Bevor sie sich umdrehen konnte, flötete Maybelle mit ihrer zuckersüßen Stimme, die durch den ganzen Raum tönte: »Kate, ich bin mir sicher, du würdest es begrüßen, wenn ich dir helfe.«

Als Kate aufsah, schien jeder sich in ihre Richtung zu drehen.

»Du hast vergessen, ein paar Knöpfe hinten an deinem Kleid zu schließen«, sagte Maybelle. Sie streckte die Hände aus und begann sie zuzuknöpfen.

Kate spürte, dass sie rot wurde. Sie drehte den Kopf nach hinten und versuchte zu sehen, was Maybelle machte.

Maybelle warf ihre Locken zurück, als stehe sie mitten auf einer Bühne. Sie schien es zu genießen, dass jeder guckte. »Ich frage mich, wie du es fertiggebracht hast, Heu in deine Haare zu bekommen.«

Sie seufzte, ein leises, kleines Seufzen, so seicht wie eine Frühlingsbrise.

Als sie mit den Zuknöpfen fertig war, pickte Maybelle etwas Heu aus Kates langem schwarzen Zopf. Plötzlich riss sie heftig daran.

Heiße Tränen schossen Kate in die Augen. Als sie versuchte aufzustehen, hielt Maybelle den Zopf fest. »Ich will dir wirklich nur helfen, Kate«, behauptete sie.

Doch diesmal stand Kate auf. Sie riss Maybelle den Zopf aus den Händen und schaute dem Mädchen ins Gesicht. Am liebsten hätte sie Maybelle eine Ohrfeige verpasst und ihr den schlimmsten Schimpfnamen gegeben, der ihr einfiel. Einen Namen, der beschrieb, wie verschlagen Maybelle war, wie hinterhältig und honigsüß.

Dann wusste Kate, welchen Namen sie ihr geben würde, den schlimmsten, der möglich war. Doch in diesem Augenblick bemerkte sie, dass Stretch herüberschaute.

Er wartete ab, was geschehen würde, und irgendwie kam Kate der Gedanke: *Das ist wichtig.* Ohne zu verstehen warum, wusste sie: *Was ich jetzt tue, ist wichtig für Stretch.*

Tief in ihrem Inneren spürte Kate Angst.

Aus der Dunkelheit

Kate versuchte, ihre Panik beiseitezuschieben. *Wie kann irgendetwas, das ich sage, für Stretch wichtig sein?*, fragte sie sich.

Kate wusste keine Antwort. Mit weit geöffneten Augen stand sie da und betete. »Hilf mir, Gott. Hilf mir, damit ich weiß, was ich tun soll.«

Im nächsten Augenblick kam Kate ein Gedanke. *Maybelle ist gemein. Doch was soll's? Ich muss zeigen, dass ich drüberstehe.*

Kate straffte die Schultern und richtete sich so hoch auf, wie ihre geringe Größe es erlaubte. »Danke, Maybelle«, sagte sie und warf ihren langen Zopf über die Schulter. Zu ihrer eigenen Überraschung klang ihre Stimme völlig normal. »Danke, dass du mir geholfen hast.«

Maybelles weiche, weiße Haut lief rosa an. Überraschung flog blitzschnell über ihr Gesicht und verschwand wieder.

Kate war froh, als die Spiele zu Ende waren und sie in die Küche entkommen konnte. Sie sehnte sich danach, von Maybelle wegzukommen, weg von ihrer zuckersüßen Stimme und ihren Locken. Weg auch von der Spannung zwischen Stretch und Anders.

Bald werden sie alle gehen, hoffte sie, als sie den Geburtstagskuchen ins Esszimmer trug. *Sie werden essen und dann nach Hause gehen.*

Sobald alle »Happy Birthday« sangen, schnitt Kate den Kuchen an. Kurz darauf begannen die Kinder, ihre Mäntel anzuziehen. Es dauerte nicht lange, und nur Erik, Anders, Maybelle und Kate blieben übrig.

Maybelle wandte sich an Anders: »Ich habe gehört, du hast ein Pferd, das dir allein gehört. Darf ich es sehen?«

»Jup«, sagte Anders, ohne einen Moment zu zögern. Nie hatte er jemanden davon abgehalten, seine Stute zu bewundern.

Er nahm seine Krücken und zog sich hoch. Dann humpelte er zu den Haken neben der Küchentür und nahm seine Jacke herunter. Erik und Maybelle folgten ihm nach draußen.

Kate wollte gern mit ihnen gehen. Dann fiel ihr ein, wie schmutzig die Stiefel waren, die sie in der Scheune getragen hatte. *Mir fällt schon kein Zacken aus der Krone, wenn ich sie anziehe,* dachte sie.

Eine Minute später überwand ihre Neugier ihren Stolz. Sie versuchte, mit den Händen nicht an den Dreck zu kommen, setzte sich auf eine Bank und zog die Stiefel an. *Ich werde weit genug hinten bleiben, sodass niemand etwas bemerkt.*

Aber ihr Mantel war noch schlimmer. Kate graute davor, ihn anzuziehen.

Als sie zur Scheune kam, sah sie, wie Maybelle den weißen Stern auf Wildfires Stirn streichelte.

»Ziemlich gutes Pferd, was?«, meinte Anders.

»Sie ist wundervoll!«, hauchte Maybelle.

»Siehst du, wie geschmeidig ihr Fell ist?«, fragte Anders mit stolzerfüllter Stimme.

»Ich mag Wildfire wirklich«, antwortete Maybelle. »Ich würde sie gerne reiten.«

Schnell entgegnete Kate: »Anders lässt niemanden auf ihr reiten.«

Maybelle wirbelte herum. Sie musterte Kate von Kopf bis Fuß und blickte auf den Mantel und die Überschuhe.

Kate fühlte sich wie ein Klumpen Dreck neben einem glänzenden Schmuckstück. Trotzdem sagte sie: »Wildfire ist ein ziemlich lebhaftes Pferd.«

»Vielleicht würde Anders lieber für sich selbst sprechen«, erwiderte Maybelle. »Ich bin mir sicher, er gibt besonderen Freunden die Gelegenheit, sein Pferd zu reiten.«

Damit drehte sie Erik und Kate den Rücken zu und blickte mit großen Augen zu Anders auf. »Ich hatte mein eigenes Pferd, bevor wir weggezogen sind.« Ihre tiefbraunen Augen warteten auf seine Antwort.

Anders sah sie unbehaglich an. »Ah, ehm –«

Kate fragte sich, ob Anders sich daran erinnerte, dass er *ihr* nicht erlaubt hatte, die Stute zu reiten. »Er lässt *niemanden* auf ihr reiten«, fiel sie ein.

»Ich bin mir sicher: Ich bin nicht einfach *jemand*.« Maybelles Stimme troff vor Honig, doch Kate dachte an Bienen, die bereit waren zu stechen.

»Kate hat recht«, erklärte Anders. »Wildfire ist ein ziemlich lebhaftes Pferd.«

»Aber ich bin eine erfahrene Reiterin«, beharrte Maybelle, so selbstsicher wie immer. Während Kate sie betrachtete, fragte sie sich: *Wie macht sie das?* Einmal mehr fühlte Kate sich wie ein Klumpen Dreck, auf dem man herumtrampelt.

Gleichzeitig spürte sie ein Unbehagen. Wieder stieg die Frage in ihr hoch: *Was ist, wenn Wildfire etwas geschieht?* Kate konnte ihr Unbehagen nicht erklären, nicht einmal sich selbst. *Werde ich langsam überempfindlich, weil so viel um die Windy Hill Farm herum passiert ist?*

Anders schaute verlegen. »Also, uh, vielleicht.«

»Du weißt, Anders«, sagte Maybelle, »die Leute geben mir normalerweise, was ich will.«

Genau in diesem Augenblick schaute Kate in Anders' Gesicht. Seine Augen wurden so groß, als sehe er Maybelle zum ersten Mal. Er stotterte immer noch herum. »Wildfire hat ein sensibles Maul –«

Kate stakste hinaus, denn sie wollte nicht sehen, wie Maybelle die Stute ritt. Während Kate aus der Scheune eilte und dem Haus zustrebte, hielt sie die Tränen zurück, die ihr in die Augen steigen wollten. *Wird Anders Maybelle erlauben, Wildfire zu reiten, obwohl er mich nicht reiten lässt?*

Als Kate die Küchentür erreichte, wollte sie mit niemandem sprechen. Sie drehte sich um und eilte zu dem Ende der Scheune, das vom Fuhrweg entfernt lag. Die Schafe, die sich auf der Weide befanden, die dem Wald am nächsten lag, blökten ihr entgegen. »Bäääää!«

Kate schlüpfte durch den Zaun und stapfte zum anderen Ende der Weide. Dort hatten sich die Schafe zusammengedrängt und knabberten das Gras, das um einige Baumstümpfe herum wuchs.

»Bääää!«, blökten sie erneut.

Kate wartete, bis eins ihrer Lieblingsschafe zu ihr kam. Es war nicht ganz braun, sondern hatte ein weißes Dreieck auf der Stirn. Kate tauchte ihre Finger tief in seine dicke Wolle.

Sie blieb lange Zeit dort in der Nähe der Bäume, die entlang des Zauns wuchsen. Als Erik und Maybelle aufbrachen, wartete Kate, bis Anders sich auf den Weg zum Haus machte. Dann schlich sie in die Scheune. Durchgefroren und müde sehnte sie sich nach einem Ort, an dem sie ihren Gefühlen freien Lauf lassen konnte.

In der Scheune kletterte sie die Leiter hoch und zog sich durch die Öffnung auf den Heuboden. Sie verbarg sich tief im Heu. Einige Minuten später hörte sie Anders von unten rufen.

»Ka-a-a-ate! Ka-a-a-ate!«

Doch Kate antwortete nicht. Mit seinem verletzten Knöchel würde Anders nicht die Leiter hochklettern. Sie wartete und starrte durch einen Spalt zwischen den Balken der Wand, die nach Westen zeigte. Dunkelrote Streifen zogen sich über den Himmel.

Wieder rief Anders: »Ka-a-a-ate! Ich weiß, dass du da oben bist!«

Sie blieb still und beobachtete, wie der rote Himmel langsam ins Grau wechselte.

»Kate!«

Einen Augenblick später schlug die Tür zu.

Als Kate sich schließlich aufraffte und wieder zu der Öffnung im Boden kroch, wurde es bereits dunkel. Lange Schatten streckten sich über den Heuboden.

Sie war ein Stück die Leiter hinuntergeklettert, da nahm sie in den dunkleren Schatten im unteren Teil der Scheune ein Geräusch wahr. Sie blieb stehen und lauschte.

Eine Katze, dachte sie. *Oder eine Kuh, die sich bewegt. Vielleicht sind es auch die Schafe.*

Kate kletterte weiter hinunter. Sie hatte fast den Boden erreicht, als sie wieder ein Geräusch hörte. Diesmal kam es ganz aus der Nähe. War es jemand, der ganz leise atmete?

Kate klopfte das Herz bis zum Hals. *Sollte ich besser die Leiter wieder hinaufsteigen?* Sie wartete und lauschte.

Irgendetwas befand sich ganz in ihrer Nähe. Irgendetwas oder irgendjemand. Aber dort in die Ecke der Scheune drang kein Sonnenstrahl; es war so dunkel, dass Kate nichts erkennen konnte.

Dann hörte sie ein weiteres Geräusch. Eine leichte Bewegung dicht neben ihr. Die Bewegung war so leise, dass sie sich fragte, ob sie sich nur etwas eingebildet hatte.

Von Panik ergriffen wirbelte Kate herum. Immer noch sah sie nichts außer der Dunkelheit. Nur das Kauen der Tiere drang an ihre Ohren.

Als Kate versuchte fortzulaufen, streckte sich plötzlich eine Hand nach ihr aus und ergriff ihren Arm.

Papas seltsamer Brief

Als Kate sich umdrehte, erblickte sie eine große, schwarze Gestalt. Sie zog ihren Fuß zurück und trat mit aller Kraft zu.

»Auuuu!«, ertönte ein Stöhnen aus dem Schatten. »Au, au, au!«

»Anders?«, rief Kate. »Was machst denn du hier? Ich dachte, du wärst gegangen!«

Anders humpelte aus der Ecke hervor und hielt seinen linken Knöchel fest. »Wow, Kate. Du trittst ganz gemein zu!«

»Klar, was denkst du denn?«, fragte Kate. »Wenn du dich ins Dunkle stellst und mich erschrecken willst –«

»Wenn ich im Dunkeln stehe und auf dich warte, meinst du.«

»Warten auf mich?«, höhnte Kate. »Wozu?«

Anders stöhnte erneut auf. Auf seinem gesunden Fuß hüpfte er zu einem Heuhaufen, der dicht unter einem der Fenster lag, und ließ sich fallen. »Um mit dir zu reden.«

»Es gibt nichts, worüber wir zu reden hätten.«

»Ich denke doch.«

Seine Stimme klang ruhiger als gewöhnlich. Er rieb seinen verletzten Fuß.

»Du hast genau die Stelle getroffen, wo ich meinen Knöchel verstaucht hatte. Und dabei begann es gerade besser zu werden. Ich werde einen dicken, blauen Fleck bekommen!«

»Den hast du verdient! Mich so zu erschrecken.« Kate wusste, sie sollte Anders dafür danken, dass er sich zwischen Maybelle und die Orgel gestellt hatte. Doch nicht jetzt. Kate zitterte immer noch, so hatte sie sich erschrocken.

Statt zu antworten, zog sich Anders hoch, griff nach seinen Krücken und humpelte zur Tür.

»Anders, wo gehst du hin?« Kate lief ihm nach.

Ihr Bruder drehte sich um. »Ins Haus. Bis du aufhörst, dich so dumm zu benehmen!«

Kate blieb auf der Stelle stehen. In den letzten Strahlen der untergehenden Sonne sah sie seine blauen Augen. Er meinte, was er sagte – da gab es keinen Zweifel.

Anders' Hände umfassten die Krücken fester. »Kate, es gibt etwas, worüber du dir klar werden musst.« Seine Stimme klang hart wie Eisen, ohne jeden Spott. »Als Papa ging, hat er mir gesagt, dass es meine Aufgabe ist, für diese Familie zu sorgen.«

Kate starrte Anders an.

»Mama macht jetzt eine schwere Zeit durch«, fuhr er fort. »Wir müssen gut auf sie achtgeben.«

Kate schnappte nach Luft. Als sei es erst einen Augenblick her, erinnerte sie sich daran, wie Mama und Anders zusammen in der Küche gesessen und miteinander geredet hatten. Wieder fühlte Kate sich ausgeschlossen. »Also jetzt fängst du sogar an, mir zu sagen, wie ich mit meiner eigenen Mutter umgehen soll? Sie ist *meine* Mutter, damit du es weißt, nicht deine!«

Anders blickte Kate an, als habe sie ihn geohrfeigt. Er richtete sich zu seiner vollen Größe auf, riss die Scheunentür auf und setzte seine Krücken vor sich auf den Boden. Langsam schwang er sich auf dem Weg vorwärts auf das Haus zu. Er bewegte sich so, als habe er große Schmerzen.

Kate fand gerade noch Zeit, sich zu fragen, wie sehr sie Anders' Knöchel verletzt hatte. Dann warf der Wind mit einem Knall die Tür zu.

In diesem Augenblick wollte Kate weder Anders noch Mama begegnen. Sie zündete eine Farmlaterne an, nahm einen Eimer und begann die Kühe zu melken. Als sie fertig war, fühlte sie sich müde, kalt und hungrig.

Als Kate die Küche betrat, blickte Mama auf. Kate setzte sich auf eine Bank neben der Tür und zog ihre Stiefel aus.

Anders' Worte fielen ihr wieder ein. *Anders sagt, ich soll nett zu Mama sein. Was glaubt er, wer ich bin? Natürlich bin ich nett zu Mama! Sie ist* meine *Mutter!*

Kate wusste immer noch nicht, was in Papas seltsamem Brief stand. Sie war nicht einen Augenblick mit Mama allein gewesen. Kate fühlte sich von ihr getrennt, ausgeschlossen und allein.

Als Kate an diesem Abend zu Bett ging, wollte sie sich nur noch in der Dunkelheit verkriechen. Obwohl sie ein Zimmer mit Tina teilte, fühlte Kate sich völlig einsam.

Als sie Tinas tiefe, gleichmäßige Atemzüge hörte, wusste Kate: Die Fünfjährige schlief. Plötzlich kamen die Tränen, die Kate den ganzen Tag hinuntergeschluckt hatte. Ihre Gefühle ergossen sich wie Wasserfluten, die alles, was ihnen im Weg stand, einfach wegschwemmten.

Schließlich konnte Kate nicht mehr weinen. Als sie dort im Dunkeln lag, versuchte sie an Jesus zu denken, den sie zu lieben begonnen hatte. Gerade jetzt schien er weit weg zu sein. Kate konnte seine Liebe nicht spüren.

Stattdessen lauschte sie auf das Rauschen des Januarwinds in der großen Kiefer, die neben dem Haus stand. Gefrorene Glasscheiben klirrten, und die Kälte streckte ihre eisigen Finger in den Raum. Kate rutschte tief unter die Decke und zog sie über den Kopf.

Kurz darauf hörte sie die Laute, vor denen sie sich fürchtete. Zuerst hielt sie sich die Ohren zu, um nichts zu hören. Aber das Heulen drang sogar durch die Steppdecke.

Schließlich schob Kate die Decke zur Seite und lauschte. Von weit draußen in der Ferne ertönte das Heulen, zuerst tief, dann hob es an, fiel wieder ab und klang in der Nachtluft nach.

Dann war aus den nahen Wäldern das Geräusch zu hören, das sie am meisten erschreckte: ein Heulen als Antwort.

Kate zitterte. Wie hatte Papa für sie gebetet? Kate war verletzt, einsam, ängstlich und fror. Sie versuchte sich zu erinnern. Schließlich fielen ihr die Worte ein: »Himmlischer Vater, wenn Kate es nötig hat, dann erinnere sie daran, dass du dich um sie kümmerst.«

Kates Gedanken formten sich zu einem Gebet. »Wie soll ich das verstehen, Gott? Wie kümmerst du dich um Menschen wie mich?«

Kurze Zeit später schlief Kate ein.

Am nächsten Morgen stand Kate früher als gewöhnlich auf. Ihr war ein Gedanke gekommen, was sie zu Papas Brief fragen könnte. Doch Kate wusste: Sie musste vorsichtig sein. Mama mochte es nicht, dass Kate lauschte, wenn sich andere Leute unterhielten. Und Mama würde keine Fragen beantworten, nur um Kates endlose Neugier zu befriedigen. Oft hatte Mama ihr gesagt: »Neugierige Mädchen und gackernde Hühner nehmen nie ein gutes Ende.«

Als Kate in die Küche kam, war ihre Mutter allein. »Mama«, begann Kate, »als du Papas Brief gelesen hast, hast du da etwas ausgelassen?«

Eine Zeit lang saß Mama auf ihrem Stuhl, ohne etwas zu sagen, sie schien mit sich zu kämpfen.

»Was hat dich an dem Brief erschreckt?«, fragte Kate.

Mama hob den Kopf, als erinnere sie sich daran, dass eine Schwedin sagen würde: »Nichts« – ganz gleich, wie viel Angst sie hatte.

Doch Kate schaute Mama in die Augen. »Sag mir, was nicht in Ordnung ist«, drängte sie.

Mama schien zu einem Entschluss zu kommen. »Anders und ich haben darüber gesprochen«, antwortete sie mit leiser Stimme.

Wieder fühlte Kate sich ausgeschlossen. Sie hatte noch lange, nachdem sie ins Bett gegangen war, darüber nachgegrübelt, dass Mama und Anders zusammengesessen und *ihr* nichts von diesen Teilen des Briefs erzählt hatten.

»Mit ihm hast du gesprochen, und mir hast du nichts gesagt?« Kate hörte sich so verletzt an, wie sie sich fühlte.

»Er hat immer auf einer Farm gelebt. Ich dachte, er könnte damit zurechtkommen. Und er kann es. Zumindest scheint es so.«

»Dann kann ich es auch«, erwiderte Kate. Ihre Stimme klang fest, doch ihr Magen zog sich bedenklich zusammen.

Mama holte tief Luft. »Da sind so viele Dinge, Kate. Papa ist weit fort, und ich kann nicht mit ihm sprechen. Ich habe Angst, dass er verletzt wird. Dass er sich mit einer Axt oder einer Säge schneidet. Oder dass ein Baum auf ihn fallen könnte.«

Kate erinnerte sich an die Frage, die sie Papa gestellt hatte. »Als ich fragte: ›Ist es gefährlich?‹, sagte er: ›Manchmal.‹ Darum, nicht wahr?«

Mama nickte. »Er spricht nie darüber. Er nimmt sich vor, die Arbeit zu tun, und tut sie. Doch hin und wieder berichtet die Zeitung davon, dass jemand verletzt wurde.«

Mama schwieg kurz, dann fuhr sie fort: »In dem

Brief schrieb Papa mir etwas, wovon er dachte, ich müsste es wissen.«

Wieder lag ein Ausdruck von Furcht auf Mamas Gesicht. Kate erinnerte sich daran, wie ihre Mutter geweint hatte, nachdem Vati O'Connell gestorben war. Kate erinnerte sich gut an diese Zeit der Einsamkeit.

Mama räusperte sich. »Papa schrieb, dass ein Mann Schlachtfleisch auf einem Schlitten zum Holzfällercamp brachte. Während der ganzen Fahrt folgten Wölfe dem Schlitten. Sie wollten das Fleisch.«

Kate fühlte sich plötzlich nicht mehr ausgeschlossen, aber sie begann sich zu fürchten. In ihrer Vorstellung sah sie die Wölfe, die wie hungrige Hunde dem Schlitten dicht folgten. Sie sah, wie die Pferde die Köpfe hochwarfen, mit den Augen rollten und rannten, um den Wölfen zu entkommen.

Kate schluckte. »Warum hat Papa dir davon erzählt?«

»Er wollte, dass ich mir der Gefahr bewusst bin. Er schrieb, dass wir auf die Schafe und Kälber achtgeben müssen, sie nah bei der Scheune halten und sicherstellen müssen, dass sie vor der Dunkelheit im Stall sind.«

Kate bekam ein flaues Gefühl im Magen, wenn sie nur daran dachte.

Wieder räusperte sich Mama. »Papa wusste nicht, was es für mich bedeuten würde, von Wölfen zu hören. Er weiß, dass ich auf einer Farm in Schweden aufgewachsen bin. Doch ich habe so lange in der

Stadt gelebt. Er wusste nicht, welche Angst ich um *ihn* haben würde, wenn ich an ihn denke.«

Ich habe auch Angst, dachte Kate. *Furchtbare Angst.* Sie glaubte, einen langen grauen Schatten am Horizont entlangkriechen zu sehen. Die Furcht bestimmte ihr ganzes Denken.

Sie streckte ihre Hand aus und schob sie unter Mamas Hand. Das half.

Mamas Unterlippe zitterte. Sie musste so sehr gegen ihre Tränen ankämpfen, dass sie nicht sprechen konnte. Schließlich flüsterte sie: »O Kate, ich weiß nicht, was mit mir los ist. Ich will keine Angst haben.«

Mama putzte ihre Nase und räusperte sich noch einmal. »Ich vermute, ich bin nur so ängstlich, weil das Baby kommt und weil ich Papa vermisse und weil Anders verletzt ist und Lars krank. Ich kann das nicht alles bewältigen.«

Kate zog ihre Hand hervor, um sie auf Mamas Hand zu legen, und drückte sie fest. »Hat Papa noch mehr geschrieben?« Ihre Stimme war völlig ruhig.

Tränen schwächten Mamas Lächeln ab. »Jo«, antwortete sie langsam. »Er schrieb mir etwas, woran ich denken solle.« Mama nahm den Brief und fand die Stelle. »Ein Vers aus der Bibel. Erster Petrusbrief fünf, Vers sieben: ›Werft alle eure Sorge auf Ihn, denn Er sorgt für euch!‹«

Mama lächelte unsicher. »Papa weiß immer, was ich benötige. Wenn ich alle meine Sorgen auf Jesus werfe, dann werde ich nicht so ängstlich sein, stimmt's?«

Sie straffte die Schultern und setzte sich aufrecht hin. Sie schien sich auf den Bibelvers zu verlassen und Jesus in ihren Sorgen zu vertrauen.

Kate wünschte sich, dass auch sie dieser Zusage vertrauen könnte. Irgendwie reichte es nicht tief in ihr Inneres hinein – dorthin, wo sie wirklich Schmerz empfand. Sie biss sich auf die Lippe und wich Mamas Blick aus.

Doch ihre Mutter streckte die Hand aus. Sanft nahm sie Kates Kinn in ihre Hand. »Es ist noch etwas nicht in Ordnung, nicht wahr?«

Kate schluckte. Ein Kloß steckte in ihrem Hals. Sie fürchtete sich zu antworten.

Der unheimliche Schatten

Mama wartete, bis Kate ihr in die Augen schaute. Kate wusste: Es blieb ihr nichts anderes übrig als zu antworten.

»Manchmal frage ich mich –« Kate sprach nicht weiter. Sie wusste nicht, wie sie es ausdrücken sollte. Schließlich fragte sie: »Hilft Anders dir mehr als ich?«

»Warum meinst du das, Kate?«

Kate blickte zur Seite, sie scheute sich davor, Mama von ihrem Gefühlswirrwarr zu erzählen.

Doch Mama ließ nicht locker. »Kate, was ist *wirklich* los?«

»Manchmal – manchmal frage ich mich, ob –« Sie konnte nicht zu Ende sprechen.

»Fragst du dich, ob ich genug Liebe für euch alle habe?«, meinte Mama.

Kate nickte, wobei sie Mama immer noch nicht anschaute. »Weißt du, Kate, je mehr Kinder ich habe, desto mehr liebe ich *dich*.«

Verblüfft schaute Kate hoch.

»Eine Zeit lang hatte ich nur ein Kind zu lieben – dich!« Mama sprach langsam, so als überlege sie, wie sie es ausdrücken konnte. »Jetzt habe ich drei mehr und dieses kleine, das kommt.«

Mama tätschelte ihren wachsenden Bauch. »Jeder von euch ist eine besondere Persönlichkeit, und jeder von euch ist etwas ganz Besonderes für mich. Meine Liebe für jeden von euch nimmt Tag für Tag zu.«

Plötzlich wurden Kates Augen feucht. »Oh, Mama!« Im nächsten Augenblick lag Kate in den Armen ihrer Mutter. Es tat gut, dort zu sein.

Als Mama schließlich aufstand, um Frühstück zu machen, schien sie neue Energie und Stärke zu besitzen. Kate betrachtete sie und wusste: Mama würde dem Tag ins Auge blicken, und es würde ihr gut gehen, auch wenn Papa weit fort war.

Als Anders die Küche betrat, war Kate damit beschäftigt, beim Frühstück zu helfen. Anders schaute Mama an, und Kate bemerkte, wie erleichtert er war. Man konnte nicht übersehen, dass Mama sich besser fühlte. Über den Küchentisch hinweg grinste Anders Kate an und zwinkerte ihr zu.

Also, er denkt, er kann mir einfach sagen, was ich machen soll, und ich tue es!, dachte Kate.

Nach dem Frühstück folgte Anders ihr nach draußen in die Januarsonne. Auf dem Weg zur Scheune knirschte der Schnee vor Kälte unter ihren Füßen.

»Du fängst das neue Jahr richtig an, weißt du«, meinte Anders.

Kate wurde zornig.

»Und als Belohnung für dein exzellentes Benehmen –«

»Exzellentes Benehmen, natürlich!«, rief Kate aus.

Doch Anders achtete nicht darauf. »Als Belohnung für dein außerordentlich exzellentes Benehmen –« Er zog mit einem Schlenker seine Kappe und verbeugte sich trotz seiner Krücken. »Als Belohnung werde ich dir beibringen, Wildfire zu reiten.«

»Du willst es mir beibringen? Wann?«

»Gleich jetzt.«

Kate trat einen Schritt zurück, denn sie schöpfte plötzlich Verdacht. »Was ist der *wirkliche* Grund, Anders?«

Ihr Bruder hob in gespieltem Entsetzen die Hände.

»Ich wusste es!«, schrie Kate. »Hat Mama gesagt, du sollst es mir zeigen?«

Anders stöhnte. »*Kein* Geheimnis kann ich für mich behalten!«

Obwohl er lächelte, schien er immer noch nicht davon begeistert zu sein, es ihr beizubringen. Aber als sie zur Scheune kamen, reichte er Kate das Zaumzeug der Stute.

»Mama denkt, dass du vielleicht einmal ein Pferd reiten musst«, erklärte er. »Sie meinte: ›Was ist, wenn Kate Hilfe holen muss?‹«

Kate entdeckte das Brett, das vorne aus der Box der Stute ragte, und zog sich hoch. Sachte steckte sie ihre Finger in den Raum zwischen Wildfires Zähnen und schob das Gebiss hinein.

Der Sattel war schwer für Kate. Anders hüpfte auf einem Fuß herbei und half ihr, ihn hochzuheben. Dann zeigte er ihr, wie sie den Bauchgurt befestigen musste.

Schließlich führte Kate Wildfire nach draußen,

kletterte auf einen Baumstumpf und von dort auf das Pferd.

Wildfire brannte darauf loszureiten und stampfte mit den Hufen in den Schnee. Als Kate die Entfernung zum Boden sah, erschrak sie zuerst.

Anders hielt die Zügel der Stute, dann erklärte er: »Wenn du nach links willst, leg den rechten Zügel über die Mähne. Wenn du nach rechts willst, leg den linken Zügel darüber. Bleib immer in der Nähe, wo ich dich sehen kann.«

Anfangs ging die Stute neben der Scheune im Kreis und Anders gab seine Anweisungen. »Wenn du stehen bleiben willst, zieh die Zügel nicht zu fest an. Sei sachte mit ihrem Maul.«

Kate versuchte es, und Wildfire gehorchte.

Schließlich traute Anders Kate den nächsten Schritt zu. »Gib ihr mit den Fersen einen leichten Stoß in die Seiten«, sagte er.

Wildfire begann zu traben. Kate hüpfte hoch und runter und kämpfte mit dem Schrittrhythmus des Pferdes.

»Entspann dich!«, rief Anders. »Reite mit dem Rhythmus!«

Die Stute trabte bereitwillig im morgendlichen Sonnenlicht auf dem Fuhrweg voran.

Als Anders Kate zurückrief, fühlte sie sich schon sicherer auf der Stute und brannte darauf, es noch einmal zu versuchen. Das Beste vom Ganzen war, dass Anders sich mit dem Gedanken anzufreunden schien, dass sie sein Pferd ritt.

»Jetzt reib Wildfire überall gründlich ab«, erklärte er Kate. »Und gib ihr etwas Hafer. Pass vor allen Dingen auf, dass du die Kiste zumachst und sie wieder richtig verschließt.«

Kate tat genau das, was Anders ihr sagte.

Sie wollte auf keinen Fall, dass die Stute den Kasten selbst öffnen konnte.

An diesem Abend schlief Kate mit dem Gedanken an ihren Ritt auf Wildfire ein. Jetzt schien es ihr noch viel wichtiger, dass es dem Pferd gut ging.

Morgen würde sie Josie in der Kirche sehen und erfahren, ob Josie etwas Neues über den Diamant- und Rubinring herausgefunden hatte.

Als Kate am Sonntagmorgen frühstückte, stürmte Anders in die Küche. Er war außer sich.

»Wer ist in der Scheune gewesen?«, fragte er.

Kate wusste: Hätte Anders nicht auf Krücken laufen müssen, er wäre durch den Raum gestampft. Stattdessen humpelte er um den Tisch herum, blieb direkt vor Kate stehen und starrte sie an.

Verblüfft schaute Kate zu seinen fast 1,80 Metern hoch. »In der Scheune? Ich nicht. Ich wollte gleich erst mit dem Melken beginnen.«

Anders drehte sich zu seiner kleinen Schwester um. »Tina, bist du draußen gewesen?«

Mit großen, blauen Augen schüttelte Tina den Kopf so fest, dass ihre Zöpfe hin und her flogen.

Anders schaute wieder zu Kate.

»Lars schläft noch. Und Mama ist nicht dort

gewesen. Das bedeutet: Du musst es gewesen sein, Kate.«

»Ich habe dir bereits gesagt, dass ich heute Morgen noch nicht draußen gewesen bin.«

»Und gestern Abend? Als du Wildfire gefüttert hast, was hast du da mit dem Haferkasten gemacht?«

»Ich habe den Kasten geschlossen, genau wie du es mir gezeigt hast. Wieso fragst du?«

»Als ich in die Scheune kam, stand der Deckel offen.«

Kates Magen schnürte sich zusammen. Sie machte Anders keinen Vorwurf, dass er außer sich war. »Das ist schlimm, oder?«

»Das ist allerdings schlimm! Wenn Wildfire an den Kasten gekommen wäre, hätte sie sich krank gefressen. Ein Pferd kann auf diese Weise lahm werden.«

»Lahm werden?« Diesmal war es Tina, die nicht wusste, was Anders meinte.

»Wenn ein Pferd zu viel frisst, kann es krank werden und sterben.«

»War sie am Hafer?«, fragte Kate ängstlich.

Anders schüttelte den Kopf.

»Ich kann es nicht mit Sicherheit sagen. Es sieht nicht so aus. Aber, Kate –«

»Ich war es nicht!«, protestierte sie. »Ich habe den Kasten fest geschlossen.«

»Aber wer sonst würde ihn offen lassen?«

»Ich nicht!« Kate versuchte, ruhig zu sprechen. »Anders, du musst mir glauben. Ich habe Wildfire genauso versorgt, wie du es gesagt hast.«

Anders seufzte, seine Stimme klang immer noch zornig. »Kate, ich will dir ja glauben. Ich will es wirklich. Aber es ist niemand sonst dort gewesen.«

Kate schwieg, denn sie wusste: Er hatte recht.

Kurz darauf kam Eriks Familie mit Pferdegespann und Schlitten, um die Nordstroms zur Kirche abzuholen. In Four Corners brachte Erik Barney und Beauty in die Scheune und hängte über jedes der beiden Pferde eine schwere Decke.

Kate betrat mit Mama und Tina die Kirche. Sie setzten sich auf die Seite, auf der die Frauen saßen.

Mama neigte ihren Kopf, um zu beten, und Kate wusste: Sie sollte das Gleiche tun. Doch stattdessen blickte sie sich um. Jemand Neues saß neben Josie und ihrer Mutter. Jemand mit schönem rotem Haar. *Maybelle!*

Während die Lieder gesungen wurden, war Kate zu aufgeregt, um auch nur einen Blick nach hinten zur Orgel zu werfen. Doch dann, genau vor der Predigt, spielte der Organist die Einleitung zu einem besonderen Lied. Erik begann, ein schwedisches Volkslied zu singen: »Kinder des himmlischen Vaters«.

Tinas Lieblingslied, dachte Kate, als sie zu der Kleinen blickte. Erik hatte Kate nichts davon verraten, dass er in der Kirche singen würde. Soweit sie wusste, hatte er noch nie zuvor dort gesungen.

Erik sang die ersten beiden Strophen in Englisch, dann in Schwedisch. Kate warf einen verstohlenen Blick auf Mama. Die Augen ihrer Mutter waren feucht. Eine Träne lief ihre Wange hinunter.

Kate nahm Mamas Hand und drückte sie. Dann kam Erik zur dritten Strophe: »Preist den Herrn in jubelnder Schar: Dein Beschützer wacht immerdar.«

Die Worte drangen Kate tief ins Herz. Sie erinnerten sie an Papa Nordstrom, aber auch an Vati O'Connell. Vor langer Zeit hatte er sie »Meine kleine Colleen« genannt. Kate blinzelte durch ihre Tränen.

Ich werde noch mehr üben, dachte sie. *Ich werde für Erik spielen, wenn er in der Kirche singt.*

Sobald der Gottesdienst zu Ende war, machte Kate Josie ausfindig. Als Kate nur einen Blick in das Gesicht ihrer Freundin warf, vergaß sie alles andere. Auch Josie hatte geweint, aber Kate war sich sicher: Es war nicht wegen Eriks Gesang.

»Ein Brief von Herrn Harris ist gekommen«, berichtete Josie. »Er hat Papa geschrieben, er solle sich nach einem anderen Ort umsehen, wo wir wohnen können.«

Josie brach zusammen. Als Kate sie in die Arme nahm, bemühte sich Josie, trotz ihrer Tränen zu sprechen. »Es ist schlimm genug, unsere Farm zu verlieren. Aber wie sollen wir im *Januar* umziehen?«

Wieder drückte Kate sie an sich, da sie nicht wusste, was sie sonst tun sollte. Josie hatte recht. Die Temperatur konnte leicht bis vierzig Grad unter Null sinken. Und bis zum 25. Januar waren es keine zwei Wochen mehr. Wo sollten Swensons hinziehen?

Schließlich hörte Josie auf zu weinen.

»Wir werden eure Scheune durchsuchen«, versprach Kate. »Wir werden im Getreidespeicher nachsehen. Wir werden *überall* nachsehen! Irgendwie werden wir diesen Ring finden! Deine Familie muss ihn haben!«

»Wer muss was haben?«, fragte Maybelle, die hinter Kate auftauchte.

Kate drehte sich in die Richtung, aus der die süßliche Stimme kam. Im Licht des Fensters sahen Maybelles weiche Haut und ihr rotes Haar schöner denn je aus.

Doch Maybelle schenkte Kate keine Beachtung. Stattdessen erzählte sie Josie: »Meine Mutter sagt, ich kann wieder Orgelstunden nehmen.«

Josie schluckte.

Maybelle fuhr fort. »Wenn wir in der Schule eine Orgel bekommen, kann ich für alle spielen. Und ich kann für Erik spielen, wenn er in der Kirche singt.«

Josie blickte schnell zu Kate, doch Kate schaute zur Seite. Kate brachte kein Wort heraus. Nicht einmal zu Josie konnte sie etwas sagen.

Ohne sich umzuschauen, eilte Kate davon. Sie stieß die schwere Kirchentür auf und rannte die Stufen hinunter. Den ganzen Weg nach Hause saß sie stumm zwischen Erik und Anders und fühlte sich elend.

An diesem Nachmittag wanderte Kate ruhelos von Fenster zu Fenster. Beim Esszimmer reichten die Zweige einer großen Kiefer bis zum Haus. Im winterlichen Sonnenlicht streckten sich die blaugrauen Schatten der Zweige über den Schnee.

Schließlich setzte sich Kate an die Orgel und begann zu spielen. Zu Anfang spielte sie ihre Lieblingslieder. Als die Musik sie anrührte, spielte sie weiter und weiter.

Es ist nicht wichtig, was Maybelle sagt, beruhigte sich Kate schließlich. *Es ist wichtig, dass ich übe und mein Bestes gebe.*

Kurze Zeit später zündete Mama die Petroleumlampe an. »Sieh besser zu, dass du mit dem Melken fertig wirst, Kate.«

Anders' Knöchel war wieder geschwollen, deshalb hatte er sein Bein auf einem Stuhl ausgestreckt. Mama bestand darauf, dass er es dort liegen ließ.

Langsam stand Kate auf. Die Petroleumlampe verbreitete ein weiches Licht. In der Nähe des Holzofens war das Zimmer warm und behaglich. Doch weil sie den Luftzug entlang der Wände spürte, wusste sie, wie kalt es draußen sein würde – und wie dunkel.

In der Küche zog sie lange Socken an und über ihr Kleid einen Overall. Anders rief hinter ihr her: »Vergiss den Wasserheizer nicht, Kate.«

Lars folgte Kate zur Küche. Der rote Haarschopf hinten auf seinem Kopf stand hoch. »Mama sagt, es geht mir gut genug, um dir zu helfen.«

Kate lächelte. »Es geht dir wirklich gut genug.«

Unter seinen Sommersprossen wurde Lars rot. »Du weißt, was ich meine.«

»Aber schick ihn rein, sobald er zu frieren beginnt«, rief Mama hinter ihr her.

Als Kate die Tür nach draußen öffnete, erfasste

der Wind ihren Schal und wehte ihr die langen Enden ins Gesicht. Sie wickelte sich den Schal um den Nacken und eilte zur Scheune.

Es dauerte nicht lange, da begann Lars zu frösteln, und Kate schickte ihn zurück ins Haus. Auch ohne seine Hilfe klappte das Melken schon viel besser. Jedes Mal, wenn Kate ihren Eimer gefüllt hatte, goss sie die Milch in einen zugedeckten Eimer.

Als sie mit dem Melken der Kühe fertig war, öffnete sie den Haferkasten, nahm eine Schaufel Hafer heraus und fütterte Wildfire. Vorsichtig schloss sie den Deckel und verriegelte ihn. Schließlich war sie fertig.

Kate nahm Eimer und Farmlaterne und trat die Scheunentür auf. Der Wind warf die Tür gegen die Wand zurück. Kate setzte Laterne und Milch ab, ergriff die Tür und schloss sie.

Als sie das kleine Holzstück, das die Tür verschlossen hielt, herumdrehte, blickte sie an der Scheune entlang. Entlang der Wand schien es dunkler zu sein als anderswo. Kate starrte dorthin und fragte sich, ob dort etwas wäre.

Erst nach einigen Minuten nahm sie die Laterne hoch. Ihre Stiefel knirschten auf dem kalten Schnee, als sie hastig zum Wassertank eilte.

Beim Holzstoß nahm sie einen kleinen Klotz. Kate war seltsam zumute. Gruselig. Als ständen ihr die Haare im Nacken zu Berge. Ihr war, als beobachte sie jemand.

Plötzlich ließ sie das Holzstück fallen und

lauschte. *Habe ich etwas gehört? Hat sich jemand bewegt? Oder hat da ein Stiefel auf dem festgetretenen Schnee geknirscht?*

Kate wirbelte herum. Doch sie konnte nicht weiter sehen als der kleine Schein der Laterne reichte. Sie nahm die Laterne auf, hielt sie hoch und wollte zurück zum Milcheimer laufen. Als sie in diese Richtung blickte, bewegte sich ein Schatten, dunkler als die anderen, auf die Scheune zu.

Kates Herz klopfte bis zum Hals. Ihre Hände zitterten. Das Licht der Laterne flackerte.

Sie versuchte ihre Angst fortzuschieben und nicht mehr zu zittern. Die wenigen Schritte zum Milcheimer erschienen ihr wie eine Ewigkeit. *Kann ich den Eimer zurücklassen?*, fragte sie sich.

Dann dachte Kate daran, was Anders sagen würde. *Ich kann nicht ohne ihn gehen.* Und in der Scheune standen noch weitere Eimer.

Kate starrte lange auf die Schatten, und sie bewegten sich nicht. Schließlich sagte sie sich: *Ich habe mir nur etwas eingebildet. Dort ist nichts.*

Schritt für Schritt bewegte sich Kate langsam auf die Milch zu. Sie hatte den Eimer fast erreicht, als ein Schatten sich von den übrigen löste.

Die Entdeckung

Der Schatten war schlank und größer als Kate. Er bewegte sich an der Scheunenwand entlang und verschwand um die Ecke.

Kate vergaß die Milch, drehte sich um und rannte los. Es kam ihr vor, als erlebe sie einen Albtraum. Ihre Beine waren wie Pudding, als könnte sie sich nicht bewegen. Der Weg von der Scheune zum Haus dauerte ewig.

Kate stürzte in die Küche und schlug die Tür hinter sich zu. Dann lehnte sie sich dagegen und versuchte Atem zu schöpfen.

Anders schaute vom Küchentisch hoch. »Ist dir ein Räuber begegnet, Kate?«

Kate schüttelte mit weit geöffneten Augen den Kopf. Sie atmete tief und zitternd ein.

»Ach, komm schon. Dich muss etwas erschreckt haben.«

Kate nickte heftig, konnte jedoch immer noch nicht sprechen. Als sie versuchte, nach draußen zu zeigen, zitterte ihre Hand.

Anders stand auf. »Also, ich bin mir sicher: Ganz gleich, was es war, es existiert nur in deiner Einbildung.«

Kate fand ihre Stimme wieder. »Schau selbst nach!«

»Das werde ich.« Anders nahm seine Krücken auf

und schwang sich hinüber zur Tür. Er zog seinen Mantel an und begab sich nach draußen.

Kate folgte langsam, sie wollte eigentlich nur noch in der Küche bleiben, wo die Petroleumlampe ein warmes, weiches Licht verbreitete. Der Hof war dunkel und kalt.

Doch Anders rief ihr zu. »Wo war es?«

»Dort drüben.« Kate deutete auf die eine Seite der Scheune. »An der Wand.«

Anders bewegte sich auf die Laterne zu, die Kate in den Schnee hatte fallen lassen. Er hielt sie hoch, aber ihr Licht durchdrang kaum die Dunkelheit.

»Was hast du gesehen, Kate?«

»Einen Schatten.« Wieder zeigte sie zu der Stelle.

Anders schnaubte. »Klar! Einen Schatten.«

Doch Kate ließ sich nicht irremachen. »Der Schatten bewegte sich. Er verschwand um die Ecke der Scheune.«

Anders gab Kate die Laterne und schwang sich auf seinen Krücken weiter. »Wenn das stimmt, sollten dort im Schnee Fußspuren sein.«

»Du wirst sie bestimmt finden.«

Als sie zur Scheune kamen, hielten sie die Laterne hoch. Aber entlang der Holzwand überkreuzte ein Fußabdruck den anderen und verwischte die Umrisse.

Auch Lutfisk war dort gewesen und einige kleine Tiere. An der Stelle, wo Kate den Schatten gesehen hatte, war es unmöglich, die Fußabdrücke voneinander zu unterscheiden.

»Schau dort hinten nach«, schlug Kate vor, »In der Nähe des Fuhrwegs.«

Dort war es nicht besser. »Ich kann nichts erkennen«, sagte Anders und schüttelte den Kopf. »Zu viele Fußabdrücke.«

»Aber es *war* jemand dort!«, protestierte Kate. »Ich *weiß* es. Ich bin mir sicher!«

»Ich bin mir sicher, du bildest dir nur etwas ein!«

Kate schwieg. Sie musste zugeben, dass sie eine lebhafte Fantasie hatte. Aber je mehr sie über den Schatten nachdachte, desto unwohler fühlte sie sich. Die Sicherheit, dass dort wirklich etwas um die Scheune geschlichen war, wollte nicht verschwinden.

Als Kate am nächsten Morgen ihren Mantel anzog, kam Anders von draußen herein. Sein blonder Haarschopf quoll unter seiner Mütze hervor. »Kate, du hast das Feuer im Tank ausgehen lassen.«

Augenblicklich fiel es ihr ein. Sie hatte angefangen, das Holz hineinzuschieben, dann war sie vor Schreck davongerannt. Später hatte sie vergessen zurückzugehen.

»Der Tank ist ein einziger Eisklumpen«, erklärte Anders. »Es ist kein Tropfen Wasser für die Tiere da. Du musst es von der Pumpe holen. Ich kann es nicht.«

Kate stöhnte, wusste aber: Sie hatte keine andere Wahl. Anders konnte nicht gleichzeitig seine Krücken und einen Wassereimer halten.

Als Kate die Kühe getränkt hatte, blieb sie neben

Wildfires Box stehen. Im Sonnenlicht, das durch eins der Fenster fiel, sah das Fell der Stute glatt gebürstet aus. Ihre schwarze Flanke schien geschmeidig und glänzend.

Kate streckte die Hand aus und tätschelte Wildfires Schulter. Die Stute drehte sich ihr zu, und Kate streichelte den weißen Stern in der Mitte ihrer schwarzen Stirn.

Als Kate auf die andere Seite des Pferdes ging, fiel ihr etwas auf. Auch hier sah Wildfires Schulter gebürstet und glatt aus. Die Mitte ihres Rückens schien ebenso gestriegelt. Doch dann war das Fell nicht mehr glatt.

Auf dem Bauch der Stute sah Kate die klare Linie eines Sattelgurts. Dort war Wildfires Fell matt. Es drehte sich in alle Richtungen. Es war feucht getrocknet, ohne ausgebürstet worden zu sein.

Kate fühlte sich unwohl. Sie wusste: Sie musste es Anders erzählen, war jedoch nicht darauf vorbereitet, was er sagen würde.

»Was hast du gemacht, sie mitten in der Nacht herausgeholt?«, fragte er. »Nachdem ich dir vertraut habe, dass du richtig mit ihr umgehst?«

Kate starrte ihn fassungslos an. »Ist das dein Ernst? Du weißt, ich würde das nie tun.«

Anders lachte, aber es klang hart wie Eis. »Du hast Wildfire gebürstet und gedacht, ich finde es nicht heraus. Was hast du gemacht, den Rest vergessen? Hast du vergessen, dass sie krank wird, wenn sie nicht richtig versorgt wird?«

Kate spürte, wie sie vor Verlegenheit rot wurde. »Ich schwöre dir: Seit du mir beigebracht hast zu reiten, war ich nicht wieder in der Nähe deines Pferdes.«

In diesem Augenblick nieste Wildfire.

»Siehst du? Hab ich es dir nicht gesagt?!«, schrie Anders. »Sie bekommt eine Erkältung!«

Anders hatte recht. Die Nase der Stute lief.

Statt erschreckt zu sein, versuchte Kate ruhig zu sprechen. »Ich war es nicht, Anders. Warum sollte ich dir erzählen, wie sie aussieht, wenn ich sie ausgeritten hätte? Ich hätte sie einfach glatt bürsten können.«

»Kate, es ist niemand sonst hier gewesen.«

»Niemand?« Kates Stimme wurde leise, hatte jedoch eine gefährliche Spitze. »Ist wirklich niemand hier gewesen, Anders?«

»Wovon sprichst du?«, fragte er.

»Von gestern Abend, als du mir nicht glauben wolltest.«

»Kate, da war nichts!«

»Natürlich nicht. Bis du draußen warst, konnte sich jeder mit Leichtigkeit verstecken.« Kate hob den Eimer hoch und stakste davon. Sie nahm einen dreibeinigen Hocker, setzte sich hin und begann zu melken.

Das schreckliche Gefühl, dass Anders ihr nicht vertraute, wollte nicht verschwinden. Tief innerlich war Kate verletzt. *Was kann ich bloß tun, damit Anders mir glaubt?* Den Rest des Morgens dachte Kate darüber nach.

Genauso oft dachte sie jedoch an die Erbschaft von Herrn Swenson. Sie und Anders mussten unbedingt zu Josie gelangen, um nach dem Diamant- und Rubinring zu suchen. Die Zeit verging schnell. In nur elf Tagen würden Swensons umziehen müssen. Aber Anders konnte unmöglich bis zur Swenson-Farm auf Krücken gehen.

Am nächsten Morgen sah Anders noch zorniger aus. Er und Kate befanden sich wieder draußen in der Scheune.

»Wildfire hat Husten!«, stöhnte Anders, als er die Stute untersuchte.

Als Anders sie in der Scheune herumführte, bemerkte er noch etwas. »Sie hinkt. Sie belastet einen Fuß mehr als den anderen.«

Kate drehte sich um und beobachtete Anders von dem Platz aus, wo sie Clover melkte. Sie hatte solche Angst, dass sie kaum atmen konnte. Ihre Finger zogen sich zusammen, und sie drückte fester, als sie sollte. Clover bewegte sich zur Seite.

Kate tätschelte die Flanke der Kuh. »Ist in Ordnung, Mädchen. Ich wollte dir nicht wehtun.«

Kate stand auf, schüttete die Milch in einen abgedeckten Eimer und ging zu Wildfire hinüber.

»Siehst du?«, sagte Anders. »Sie bevorzugt ihren rechten Vorderhuf.« Er humpelte hinüber zu der Kiste, die das Werkzeug enthielt, das in der Scheune gebraucht wurde. Darin fand er ein Hufmesser – mit einer geraden Klinge, die am Ende gebogen war.

Anders ging zu Wildfire zurück, hob ihren rechten Fuß hoch und schrabbte den Dreck ab. Vorsichtig untersuchte er den Huf.

Als er nichts entdeckte, verschwand Kate und fütterte die Schafe. Heute boten sie keinen Trost.

»Ich muss dich über diese Erkältung bringen«, redete Anders Wildfire gut zu.

Als würde sie seine Worte verstehen, hustete Wildfire. Ihre Nase lief.

»Siehst du, was ich dir gesagt habe?« Wieder blickte Anders besorgt. »Das bekommt ein Pferd, wenn es bei kaltem Wetter scharf geritten wird.«

Mit einem abgedeckten Milcheimer in jeder Hand eilte Kate aus der Scheune. Egal, was sie Anders sagen würde: Er würde ihr nicht glauben.

Anders folgte ihr auf seinen Krücken zum Haus. »Ich glaube, ich erinnere mich an alles, was Papa mir darüber gesagt hat, wie man ein Pferd mit einem Husten pflegt. Und darüber, wie es aussieht, wenn es lahmt. Doch ich wünschte, ich könnte sichergehen.«

Kate eilte weiter. Die Eimer waren schwer. Dann hatte sie eine Idee. »Warum sprichst du nicht mit Herrn Swenson?«

Anders sah aus, als überlegte er. »Jup. Das sollte ich tun. Aber ich habe keine Möglichkeit, zu ihm zu kommen. Jetzt könnten wir eins dieser neumodischen Telefone gebrauchen.«

In der Nähe des Hauses blieb Kate plötzlich stehen und drehte sich um. »Ich könnte dich hinbringen.«

»*Du mich* hinbringen?«

»Ich könnte dich auf dem Schlitten ziehen.«

Der Schlitten war groß und wurde benutzt, um Holz zu transportieren. Trotz seiner Größe würde Anders leicht daraufpassen. Doch noch im gleichen Augenblick, wo Kate es aussprach, fragte sie sich auch schon, ob ihre Idee wirklich so gut war. Ein Schmied hatte unter den Holzkufen des Schlittens Eisen angebracht, damit der Schlitten besser über den Schnee glitt. Trotzdem würde es harte Arbeit sein, Anders den ganzen Weg zu Swensons zu ziehen.

Als sie mit Mama darüber sprachen, schlug sie vor: »Lars kann dir helfen, Kate. Es geht ihm heute besser.«

Es war schon einige Zeit nach Mittag, als sie aufbrachen. Das Wetter war für Januar mild, und die Luft fühlte sich warm auf Kates Wangen an. Sie atmete tief ein und war dankbar, draußen zu sein.

Auch Lars sah glücklich aus, draußen in der Sonne sein zu können.

Anders humpelte auf seinen Krücken vorwärts und ließ sich auf den großen Schlitten fallen. Dieser besaß vier Stangen, eine an jeder Ecke, um gespaltenes Holz an Ort und Stelle zu halten. Anders machte es sich zwischen den Stangen bequem und legte die Krücken im rechten Winkel über den Schoß. Kate und Lars nahmen das Seil auf.

Auf dem eisigen Weg, der an der Scheune und dann am Farmhaus vorbeiführte, ließ sich der Schlitten leicht ziehen. Auf diesem Weg kamen oft Leute vorbei, die die Abkürzung durch den Wald nahmen.

Oben auf dem Hügel, von dem man den Rice Lake überblickte, lag mehr Schnee. Auf dem Pfad zur Schule am Spirit Lake entdeckte Kate Wildfires Hufspuren. Als Kate sie Anders zeigte, blickte er nachdenklich, sagte jedoch nichts.

Nachdem sie das Seil auf den Schlitten geworfen hatten, gaben sie Anders einen kräftigen Stoß. Er hielt sich fest, und der Schlitten sauste den steilen Weg hinunter. Kate und Lars folgten. Am Fuß des Hügels fanden sie wieder Wildfires Hufspuren. Es sah aus, als sei das Pferd stehen geblieben, um aus dem Bach zu trinken.

Kurz darauf holten Kate und Lars Anders ein und zogen erneut den Schlitten. Ein Stück weiter hatte der Wind, der vom Rice Lake herüberwehte, den Weg frei gefegt. Einige Flecken Erde und kleine Steine waren durch den Schnee zu sehen.

Eine Zeit lang verloren sie Wildfires Hufspuren. Dann rief Anders: »Halt!«

Mithilfe seiner Krücken zog er sich hoch und dann vom Schlitten herunter. Er achtete vorsichtig darauf, wo er hintrat, und studierte den Boden. Schließlich deutete er nach unten.

»Was ist da?«, fragte Kate.

»Siehst du die Spuren im Schnee? Etwas hat Wildfire erschreckt. Sie hat plötzlich angehalten. Ihre Vorderhufe haben sich in die Erde gegraben.«

»Warum sollte sie gerade hier anhalten?«, wollte Kate wissen.

Anders zuckte die Schultern. »Vielleicht ist ein

Moorhuhn aufgeflogen. Oder ein kleines Tier ist direkt vor ihr aus dem Gebüsch gelaufen.«

Er ging zurück zum Schlitten, aber Kate hatte eine weitere Frage. »Kann einem Pferd etwas passieren, wenn es zu schnell anhält?«

»Zu schnell?« Anders begann zu lachen. Dann verschwand das Lächeln aus seinem Gesicht. Er humpelte zurück und untersuchte die Hufspuren. »Du könntest recht haben, Kate«, meinte er schließlich. »Ich werde es prüfen, wenn ich zurückkomme.«

Der Geldverleiher kommt wieder

Vielleicht wird Anders mir jetzt glauben, dachte Kate, als sie weitergingen. *Vielleicht findet er heraus, was Wildfire wirklich fehlt.* Der Gedanke erfüllte sie mit Hoffnung.

Hinter dem Rice Lake kamen sie in den Wald, und bald erreichten sie eine Weggabelung. An einer offenen Stelle hatte der Wind große Schneewehen auf den Weg getürmt.

Kate stöhnte. Wenn sie weiterging, würde sie bis weit über die Knie im Schnee versinken. Für Lars würde es sogar noch schlimmer sein.

Anders ließ sie anhalten. »Warum nehmt ihr nicht den linken Weg und geht zu Erik. Dieser Weg ist normalerweise nicht so verweht. Wenn Erik zu Hause ist, wird er euch helfen, den Rest des Weges zu ziehen.«

Als sie zu Lundgrens kamen, war es schon Nachmittag. Erik ging mit ihnen weiter, Lars kehrte zur Windy Hill Farm zurück.

»Lasst uns die Straße nehmen, die an der Schule vorbeiführt«, schlug Erik vor. »Dort haben andere Schlitten schon einen Weg festgefahren.«

Als sie um die Kurve hinter der Schule am Spirit Lake fuhren, erblickte Kate Maybelle vor ihnen. Kate verlangsamte ihre Schritte, doch es war zu spät.

Maybelle hatte sie gesehen und wartete, bis sie sie eingeholt hatten.

»Gehst du zu Josie?«, fragte Anders.

Maybelle hielt ein Paar Schlittschuhe hoch. »Großvater hat sie mir gegeben. Er sagte mir, ich solle Herrn Swenson bitten, sie dort, wo sie gebrochen sind, zusammenzuschmieden.«

Als sie Josies Farm erreichten, ließ Maybelle ihre Schlittschuhe auf den festgetretenen Schnee neben der Schmiede fallen.

»Willst du sie nicht in die Schmiede legen?«, fragte Anders.

»Herr Swenson wird sie schon finden«, meinte Maybelle sorglos und folgte den anderen zum Haus.

Josie empfing sie an der Tür. »Auf euch habe ich gewartet!« Ihre Augen tanzten hin und her, und Kate fragte sich, was geschehen war.

Die dreijährige Becca, die das Kätzchen Calico auf den Armen hielt, blinzelte hinter ihrer großen Schwester hervor. Das hellbraune Haar der Kleinen fiel in weichen Locken um ihr Gesicht. Als sie lächelte, funkelten ihre haselnussbraunen Augen wie Josies.

Der Duft von frisch gebackenen Plätzchen erfüllte die große Küche. Eine Reihe davon lagen auf dem Tisch zum Abkühlen.

»Ich muss euch etwas erzählen«, sagte Josie, wobei sie über das ganze Gesicht strahlte. »Heute Morgen habe ich den Ring gefunden!«

»Du hast ihn *gefunden*?« Kate konnte die gute Nachricht kaum glauben. »Wo?«

Josie führte sie in den großen, offenen Raum und zeigte auf einen Stuhl. »Genau dort. Als ich geputzt habe, lag er neben einem Stuhlbein. So dicht daneben, dass ich ihn fast nicht gesehen hätte.«

»Das ist seltsam«, meinte Kate. »Wir haben dort nachgeschaut. Ich weiß es bestimmt. Wie konnte der Ring plötzlich auftauchen, wenn er zwei Wochen lang verschwunden war?«

»Ich weiß es nicht«, antwortete Josie. »Wir haben nicht die geringste Ahnung, wie lange er dort gelegen hat. Wir wissen nur, dass er wieder da ist!«

»Wo befindet sich der Ring jetzt?«, fragte Anders. »Können wir ihn sehen?«

Josie schüttelte den Kopf. »Es tut mir leid. Ich wünschte, ich könnte ihn euch zeigen. Aber Papa hat ihn an einem wirklich guten Platz versteckt. Wir haben gesehen, wie er ihn weggetan hat, und haben versprochen, dass wir es niemandem erzählen.«

»Ihr alle habt gesehen, wo er ihn hinlegte?«, fragte Anders. »Sogar Stretch?«

»Anders!«, warnte Kate.

Aber Josie hatte es bereits gehört. »Du denkst, er hat ihn gestohlen und dann wieder hingelegt, stimmt's?«

»Also –«

»Also, nichts da!«, fuhr Josie ihn mit funkelnden Augen an. »Hör auf, ihn zu beschuldigen!«

Anders sagte nichts mehr. Aber Kate konnte sehen, dass er nachdachte. Sie musste zugeben, dass die ganze Angelegenheit ziemlich seltsam war.

Merkwürdig war auch, dass Maybelle so still dastand und genau zuhörte, worüber sie sprachen.

Doch Josie führte sie alle zurück in die Küche. »Lasst uns Plätzchen essen, um zu feiern, dass wir den Ring gefunden haben.«

Als sich alle an den Tisch setzten, schauten sich Anders und Erik an. Kate erkannte es als ihr altes Zeichen. Sie hatte in der Schule am Spirit Lake beobachtet, wie sie sich auf diese Weise miteinander verständigten.

Während Josie Milch eingoss, fragte Erik: »Josie, hat dein Vater irgendeine Erklärung dafür?«

Josie schüttelte den Kopf. »Auch Mama nicht. Sie sagen nur: ›Er war weg, und jetzt ist er wieder da.‹«

»Aber was ist, wenn er wieder verschwindet?«, fragte Erik. In seinem Blick lag Besorgnis.

»Das wird er nicht«, erwiderte Josie. »Morgen früh bringt Papa den Ring nach Minneapolis. Er wird einen ehrenhaften Mann finden und ihn verkaufen.«

»Dein Vater fährt morgen?« Erik sah erleichtert aus.

»Es wird das Erste sein, was er morgen tun wird«, erklärte Josie. »Papa fährt mit dem Gespann nach Grantsburg und nimmt den Blueberry Special.« Der Zug brachte Fahrgäste nach Rush City, wo sie in einen anderen Zug nach Minneapolis umstiegen.

»Könnt ihr dann endlich diesen Wucherer bezahlen?«, fragte Anders.

»Papa hofft, dass er die ganze Farm abbezahlen und dazu noch dringend notwendige Maschinen und Werkzeug kaufen kann.« Josies Augen glänzten. »Papa wird nicht wissen, wie ihm geschieht. Er und Mama haben sich immer abgemüht, um die Zahlungen zu leisten.«

Erik kannte sich damit aus. »Es ist hart genug, wenn Zahlungen fair sind. Aber eure sind zu hoch.«

»Bis jetzt«, erklärte Kate, um Josie zu ermutigen. Sie wusste um die vielen Stunden, die Herr Swenson arbeitete.

»Bis morgen.« Josie lächelte, als sie die Plätzchen herumreichte. »Könnt ihr euch vorstellen, wie es sein wird, die Farm zu besitzen, frei und unbelastet?«

»Hurra!«, rief Becca, und alle lachten.

Becca hielt Kate Josies Kätzchen hin. »Süßes Kätzchen.«

Kate streckte die Hand aus, um Calico zu nehmen. Im gleichen Augenblick sprang das Kätzchen aus Beccas Händen. Wie der Blitz schoss es in das andere Zimmer. Als Kate die Türöffnung erreichte, war das Kätzchen bereits verschwunden.

»Sie ist wieder weg!«, rief Kate, als Josie und Erik ihr in den großen, offenen Raum folgten. »Wo kann sie nur stecken?«

Josie zuckte mit den Schultern. »Ich würde es wirklich gern wissen. Sie muss sich irgendwo im Haus befinden.«

»Irgendwo in diesem Raum, meinst du«, entgegnete Kate. »Ist das nicht der Raum, in dem sie immer verschwindet?«

»Immer«, bestätigte Josie.

»Lasst uns noch einmal suchen«, schlug Kate vor, die kein Geheimnis ungelöst lassen wollte. »Lasst uns in jeder Ecke des Raums nachsehen.«

»Es gibt nur vier Ecken, Kate«, meinte Anders, als er von der Küche hereinhumpelte. »Ihr schaut nach, während ich mit Herrn Swenson über Wildfire spreche. Wo ist dein Vater, Josie?«

»In der Scheune, glaube ich. Dort sind jedenfalls Mama und die Jungen.«

Als Anders und Erik gingen, rief Maybelle ihnen nach. »Sagt Herrn Swenson, dass ich für ihn Schlittschuhe zum Reparieren dagelassen habe!«

Josie begann wieder, Plätzchen zu backen. Maybelle ließ sich auf einen Stuhl fallen. Ihre tiefbraunen Augen blickten amüsiert darüber, dass Kate so gründlich suchte.

Kate begann an einer Seite des großen Raums und arbeitete sich rundherum vor. Wieder warf sie einen Blick hinter den großen Ofen, in die Holzkiste und unter den großen Eichentisch und die Stühle.

Schließlich kam sie zur Wand, die den Raum von der Küche trennte. Zwischen Tür und Kamin waren Regalbretter angebracht. Das niedrigste Brett verlief dicht über dem Boden, das höchste in Kates Kopfhöhe.

Becca, die scheinbar helfen wollte, zog einen Stuhl vom großen Eichentisch fort, zerrte ihn hinüber neben Kate und kletterte hinauf. Als sie auf dem Stuhl stand, setzte sie einen Fuß auf ein Regalbrett, griff nach dem Rand eines anderen Bretts und zog sich hoch. Als sie sich nach dem Brett darüber ausstreckte, hielt Kate sie zurück.

»Josie, komm und sieh nach deiner Schwester«, rief Kate in die Küche.

Josie nahm Becca herunter. »Mama meint, sie ist ein viel größerer Kletterer, als ich es war. Sie ist wie die Jungen.« Zu Becca sagte sie: »Tu das nicht wieder. Du tust dir weh.«

Kate suchte weiter, doch Becca war unruhig. »Raus?«, fragte sie Josie.

»Du kannst Mama suchen gehen«, erklärte Josie ihr und half der Kleinen, Mantel und Schal anzuziehen. Als Becca über den Hof lief, beobachtete Josie sie aus einem der Fenster.

Kate ging zurück zu den Regalbrettern. Von ihrem Stuhl aus schaute Maybelle immer noch amüsiert zu, wie Kate suchte. Plötzlich hörten sie draußen einen Schrei.

»Becca ist hingefallen!«, rief Josie. »Bei der Schmiede.«

Josie und Kate griffen nach ihren Mänteln. Draußen sahen sie, wie Stretch aus der Schmiede rannte, Becca aufhob und zum Haus lief. Während Josie und Kate ihnen entgegeneilten, schrie Becca los.

Unbeholfen tätschelte Stretch ihren Rücken und versuchte, sie zu trösten.

Als Josie zu ihnen kam, streckte sie die Arme nach Becca aus. Die Kleine schüttelte den Kopf und klammerte sich an Stretch. Doch sie schrie weiter.

»Schhhhh«, beruhigte er sie. »Es wird wieder gut

werden.« Langsam verwandelte sich Beccas Schreien zu einem schluchzenden Wimmern.

Als Stretch in die Küche kam, setzte er Becca behutsam auf den Tisch. Er trat zurück, und Kate sah Blut an seinem Hemd. Trotz der Kälte hatte er nicht erst einen Mantel angezogen.

Dann sah Kate Beccas Knie. Ihre Strümpfe und das lange Unterzeug waren zerrissen und voller Blutflecken.

Vorsichtig zog Josie die zerrissene Kleidung von der hässlichen Schnittwunde. Blut tropfte an Beccas Bein hinunter.

Kates Augen füllten sich mit Tränen. Das kleine Mädchen war schwer gestürzt. Die Wunde war tief und blutete immer noch. Becca musste auf etwas sehr Scharfes gefallen sein.

Josie eilte zum Trinkwassereimer, der neben der Tür stand. Sie schöpfte Wasser in eine Schale und feuchtete ein sauberes Tuch an.

Kate nahm Beccas Hände. »Josie wird dir helfen«, sagte sie.

Vorsichtig wischte Josie um die Schnittwunde herum. Becca schrie. Sie war außer sich und versuchte, Josie wegzustoßen. Doch Kate hielt Beccas Hände fest.

Tränen schossen in Josies Augen. »Es tut mir leid, Becca«, sagte sie. »Ich mag das auch nicht.« Sie nahm ein sauberes Tuch und presste es gegen die Wunde.

Becca schrie auf.

Der Schrei drang durch Kates Herz. »Schon gut, Becca«, beruhigte sie die Kleine. »Bald geht es dir besser.«

»Lass es mich eine Weile fest aufdrücken«, sagte Josie. Die Tränen sprudelten hervor und liefen ihr die Wangen hinunter. Mit der freien Hand schob sie das Haar aus den Augen ihrer kleinen Schwester.

Nach einer Minute ließ Josie den Lappen los. Sofort fing es wieder an zu bluten.

»Du musst es länger draufhalten«, sagte Stretch.

Josie nahm ein anderes Tuch und presste es gegen Beccas Knie. Wieder schrie die Dreijährige.

Stretchs Arm schloss sich fest um ihre Schulter. »Schsch!«, flüsterte er ihr zu. »Durch Weinen wird es nicht besser.«

Mitten im Schrei verstummte Becca. Sie holte tief und zitternd Luft. »Du böse, Stretch?«

»Nein, ich bin nicht böse. Ich will dir nur helfen. Genauso wie Josie und Kate.«

Noch einmal presste Josie ein sauberes Tuch gegen die Wunde. Becca zuckte zusammen, und Kate griff die Hände der Kleinen fester. Doch diesmal hatte Becca verstanden, dass sie ihr helfen wollten.

»Wie ist das passiert?«, fragte Kate.

»Sie ist auf ein paar Schlittschuhe gefallen«, grollte Stretch. »Sie sind mächtig scharf für ein kleines Mädchen.«

Josies Augen wurden groß. »Was meinst du damit?«

»Sie lagen auf dem Boden draußen vor der

Schmiede. Weißt du, wo Schlittschuhe die Klammern haben, um sie an den Schuhen festzuhalten? Diese schmale Kante?«

Kate blickte zu Maybelle. Wenn diese Kante auf der Seite lag, war sie scharf wie ein Messer.

Josies Augen blitzten vor Ärger. »Wer hat die Schlittschuhe liegen gelassen, wo Becca auf sie fallen konnte?«

Kate wusste es. Sie drehte sich zu Maybelle und wartete.

Maybelle lief rot an. Sie schaute weg und wich Kates Blick aus. Während Kate sie anstarrte, schien das Schweigen in der Küche immer länger zu werden.

Schließlich sagte Maybelle langsam: »Ich war es. Aber warum musste Becca so tollpatschig sein und auf sie fallen?«

Josie schnappte nach Luft. Beccas Unterlippe zitterte.

Stretch blickte Maybelle wütend an. »*Du* bist wirklich eine große Hilfe.«

Maybelle griff nach ihrem Mantel. »Großpapa will, dass Herr Swenson die Schlittschuhe zusammenschmiedet«, erwiderte sie steif. Ohne zu sagen, dass es ihr leidtat, ging sie zur Tür hinaus.

Als Beccas Knie aufhörte zu bluten, presste Josie noch ein weiteres Tuch gegen die Wunde. Dann umwickelte Kate das Knie mit einem langen Streifen, der von einem alten Laken abgerissen worden war.

Von all dem Weinen war Becca schläfrig geworden. Josie nahm die Kleine in die Arme und setzte sich mit ihr in den großen Schaukelstuhl in einer Ecke der Küche. Als Josie hin und her schaukelte, umklammerte Becca ihre Lieblingsdecke und schaute zu Stretch hoch.

Der große, blonde Junge beugte sich vor. »Ich wünschte, ich hätte so eine kleine Schwester wie dich«, sagte er.

Becca hielt ihm ihre Decke hin, und Stretch lächelte.

»Danke, Becca. Doch jetzt behältst du sie besser.«

Während Josie sie schaukelte, ruhten die langen Wimpern auf ihren Wangen. Schwerfällig öffnete Becca noch einmal die Augen, schloss sie dann und schlief ein.

Kurz darauf erklangen Schlittenglocken im Hof. Durch das Fenster sah Kate ein Paar Grauschimmel, die einen Schlitten zogen. Die Pferde kamen ihr bekannt vor. Ebenso der Mann, der sie lenkte.

»Uh-oh«, sagte sie. »Dieser Mann ist wieder da.«

»Herr Harris?«, fragte Josie leise. Sie setzte einen Fuß auf den Holzboden, wobei sie versuchte, Becca nicht aufzuwecken, und drehte den Stuhl zum Fenster. »Jawohl, er ist es.«

Als Herr Harris die Grauschimmel an das Geländer band, schaute er sich um. Unter dem dicken Schnurrbart breitete sich ein zufriedenes Lächeln über sein Gesicht.

»Er denkt wohl, die Farm gehört ihm schon«, sagte Josie. »Gut, wir werden es *ihm* zeigen!«

»Ich hole deine Eltern«, erklärte Stretch und eilte durch den Hintereingang hinaus.

Herr Harris ging mit leichtem, schnellem Schritt auf das Haus zu. Heute hing ein Spazierstock an seinem Arm, doch Kate war sich sicher, dass er ihn nicht zum Gehen brauchte. Seine Seehundfellkappe saß ihm keck in der Stirn. Sein langer Waschbärfellmantel stand offen.

Dann klopfte Herr Harris an die Eingangstür.

Beängstigende Nachrichten

Dieser schreckliche Mann!« Josie flüsterte, um Becca nicht zu wecken. Doch Kate hörte einen kämpferischen Geist aus der Stimme ihrer Freundin heraus.

»Ich geh zur Tür«, meinte Kate.

»Nein, warte etwas«, erwiderte Josie. »Gib Mama und Papa mehr Zeit, herzukommen.«

Noch einmal klopfte Herr Harris an die Tür. Sein Klopfen schien das Haus zu erschüttern.

Kate stand auf, aber Josie legte ihre Hand auf Kates Arm und forderte sie wieder auf zu warten.

Trotz des lauten Klopfens lächelte Kate. »Du bist dickköpfig, oder?«

Josie lächelte zurück. »Ich bin allerdings dickköpfig. Ich habe gesehen, wie er mit Mama und Papa umspringt.«

Im schwindenden Licht des kurzen Wintertags sahen sie Herrn Swenson von der Scheune kommen. »In Ordnung«, flüsterte Josie. »Öffne die Tür.«

Mittlerweile klang es, als breche Herr Harris gleich durch das Holz der Tür. Kate ergriff die Klinke und riss die Tür auf.

Herr Harris verlor das Gleichgewicht und fiel fast hinein. Er blinzelte, dann fing er sich. »Ich glaube nicht, dass ich dich kenne«, sagte er steif. »Sag Herrn Swenson, dass Herr Leonard Harris da ist.«

Kate machte die Tür weit auf, und Herr Harris trat ein. Er zog seinen langen Mantel aus und gab ihn Kate, zusammen mit seinem Spazierstock und seiner Seehundfellmütze.

Er schaute sich im Raum um, und wieder schien ihm zu gefallen, was er sah. Er wählte den besten Stuhl und setzte sich hin.

Einen Augenblick später betrat auch Herr Swenson außer Atem das Zimmer. Frau Swenson, die ihr Haar zurückstrich, folgte ihm.

Diesmal schloss Herr Swenson die Tür nicht. Von der Küche her hörten Kate und Josie jedes Wort.

»Ich bin gekommen, um Sie nochmals an das Geld zu erinnern«, sagte Herr Harris. »Ihre Zahlung ist am 25. Januar fällig. Ich warte nicht länger.«

Durch den Türeingang sah Kate, wie Herr Swenson seine Schultern straffte. Seine großen Hände pressten sich zusammen und lösten sich wieder. »Sie werden nicht warten müssen. Ich werde Ihnen das Geld rechtzeitig geben.«

»Das haben Sie bereits schon einmal gesagt.«

»Und ich habe das Geld schon einmal gehabt.«

»Aber wo *ist* dieses Geld, von dem Sie sprechen? Ich muss den vollen Betrag haben. Und ich sehe ihn nicht.«

»Sie werden ihn sehen. Ich bin ein Mann, der sein Wort hält.«

»Und ich auch«, entgegnete Herr Harris. Sein Brustkorb schien sich zu dehnen. »In genau zehn Tagen werden Sie dieses Haus verlassen haben. Doch ich bin kein hartherziger Mann. Wenn Sie nicht wollen, dass Ihre Familie dann draußen im Schnee steht, dann suchen Sie sich einen anderen Ort zum Leben!«

Herr Swenson richtete sich zu seiner vollen Größe auf. »Meine Familie wird *hier* leben. Dies ist meine Farm, und es wird so bleiben.«

Herr Harris lachte. Er stand auf und trat dicht an Josies Vater heran.

Herr Swenson blieb unerschütterlich stehen. »Ich habe eine Erbschaft.« Er sprach ruhig und erinnerte Kate an eine Eiche, die tief verwurzelt ist. »Morgen werde ich einen Ring verkaufen, den mein Vater mir gegeben hat. Sie werden das Geld rechtzeitig erhalten. Den vollen Betrag. Ich gebe Ihnen mein Wort.«

Herr Harris trat zurück. »Ich glaube Ihnen nicht. Vergessen Sie nicht, Sie haben nur zehn Tage Zeit.« Er verlangte seinen Mantel und stolzierte aus dem Haus.

Eine Minute später kletterte Herr Harris in seinen Schlitten. Durch das Küchenfenster sah Kate, wie seine lange Peitsche durch die Luft zischte. Die Grauschimmel schossen los. Dann hüllte die Dämmerung sie ein.

Langsam stand Josie auf. Sie hielt Becca immer noch in ihren Armen. »Ich bin froh, dass sie nichts gehört hat«, sagte Josie, wobei sie auf ihre schlafende Schwester hinunterschaute. »Und ich bin froh, dass meine Brüder draußen waren.«

Die Swensons kannten schwere Zeiten, doch Kate hatte Josie noch nie so aus der Fassung gesehen. Tränen liefen ihre weißen Wangen hinunter.

Als Kate und Josie in das andere Zimmer gingen, stand Frau Swenson vor einem der Fenster. Ihre Finger nestelten nervös an ihrer Schürze. Sie starrte auf den Punkt, wo Herr Harris zuletzt zu sehen war, und sprach mit sich selbst.

»Was sagt sie?«, flüsterte Kate Josie zu.

»Ihren Lieblingsvers aus der Bibel. Immer wenn Herr Harris kommt, wird Mama so beunruhigt, dass sie ihn ständig wiederholt.«

Kate bemühte sich zu hören, was Frau Swenson sagte.

»Werft alle eure Sorge auf Ihn«, murmelte Frau Swenson, immer noch aus dem Fenster starrend. »Werft alle eure Sorge auf Ihn, denn Er sorgt für euch.«

»Das ist Mamas Vers!«, rief Kate.

Herr Swenson wandte sich von der Tür ab. Er sah nicht länger aus wie der stolze Mann, der Herrn Harris entgegengetreten war. »Ja, der Herr sorgt für uns«, sagte er. »Unser guter Herr hat dafür gesorgt, dass mein Vater den Ring gerade zur rechten Zeit geschickt hat!«

Kurz darauf brachen Kate, Erik und Anders nach Hause auf. Unterwegs dachte Kate nur an eins: *Was würden Swensons tun, wenn sie den Ring nicht hätten?*

Bald kamen die drei an der Schule am Spirit Lake vorüber, dann am Haus der Lundgrens. Erik blieb bei ihnen und half Kate, Anders auf dem Schlitten zu ziehen.

Als sie den Wald erreichten, der zwischen Eriks Haus und der Windy Hill Farm lag, schien der Mond hoch und klar am Himmel. Sein Glanz erhellte den Schnee und beleuchtete einen Weg durch den Wald. Die Bäume warfen Schatten, die mit fortschreitendem Abend länger wurden.

Kate fröstelte und wünschte, sie wären zu Hause und säßen warm und behaglich um den Holzherd. Als ein Laut die Nachtluft erzittern ließ, fuhr Kate zusammen.

»Es ist nur eine Eule«, rief Anders vom Schlitten her. »Hör auf, dich wie ein Mädchen zu benehmen.«

»Ich *bin* eins!«, erwiderte Kate. »Und ich bin stolz darauf.«

»Aber er hat recht, Kate«, sagte Erik mit leiser Stimme, so als wollte er sie in Anders' Gegenwart nicht in Verlegenheit bringen. »Du musst keine Angst haben. Hör mal.«

Der Ruf kam wieder, und Kate hörte ihn deutlich. *Huu, huu, huu, huu – huu, huu, huu, huu-ah!*

Sie holte tief Luft, zog das Seil wieder an und schleppte sich mühsam vorwärts. Jedoch spannten sich ihre Nerven bei jedem Geräusch an.

Ganz in der Nähe knackte ein Zweig, es hörte sich an wie ein Pistolenschuss. Wieder fuhr Kate zusammen, und Anders lachte.

»Was bist du für ein Angsthase!«

»Das bin ich *nicht*!«, erwiderte Kate. »Du weißt, dass ich es nicht bin!«

»Ich weiß gar nichts!«, entgegnete ihr Anders. »Ich sehe nur, wie du dich benimmst.«

Von da an starrte Kate stur geradeaus und bewegte kaum noch den Kopf. Aber sie war auf der Hut, und ihre Augen versuchten ständig, die Schatten auf jeder Seite des Pfads zu durchdringen.

Als sie auf das offene Feld zwischen den beiden Häusern kamen, bemerkte Kate vorn auf dem Weg einen dunklen Schatten. Er bewegte sich schnell und stürmte auf sie zu.

Kate schrie, doch Anders lachte. »Siehst du, was ich meine? Du bist ein Angsthase!«

Dann erkannte Kate, dass es Lutfisk war. Der Hund sprang auf den Schlitten zu, leckte Anders das Gesicht und bellte. Dankbar, dass es kein wildes Tier war, versuchte Kate ihre Angst fortzuschieben.

Sobald sie die Windy Hill Farm erreichten, eilte Anders direkt in die Scheune. Kate und Erik folgten ihm.

Erik zündete eine Laterne an, und Anders fand das Hufmesser, das er vorher schon benutzt hatte. Anders führte Wildfire zum Licht und hob den rechten Vorderhuf der Stute hoch. Vorsichtig kratzte er den Dreck ab.

Erik hielt die Laterne nah am Pferd. Der äußere Teil von Wildfires Huf sah wie ein robuster Fingernagel aus. Plötzlich hörte Anders auf, den Huf zu säubern.

»Das ist es!«, rief er aus.

Als Kate sich vorbeugte, sah sie etwas, das wie ein kleiner dunkler Kreis an der äußeren Hufkante aussah. Während Anders mit dem Messer zu Werke ging, sprang ein kleiner spitzer Kieselstein heraus.

»Da ist er!« Anders sah erleichtert aus.

»Hat Wildfire deshalb gehumpelt?«, fragte Kate.

»Ich denke schon.« Anders ließ den Huf der Stute hinunter und tätschelte ihre Schulter. »Jetzt wird es dir besser gehen, mein Mädchen.«

»Woher wusstest du, dass du nach einem Stein suchen musstest?«, fragte Kate.

Anders schob sich das blonde Haar aus den Augen. »Erinnerst du dich an die Stelle auf dem Weg? Wo du gefragt hast, ob einem Pferd etwas zustoßen kann, wenn es zu schnell anhält? Ich vermutete, dass etwas hervorgesprungen und Wildfire erschreckt haben könnte. Sie ist so plötzlich stehen geblieben, dass ihre Hufe sich durch den Schnee in die Erde gegraben haben.«

»Und dabei ist ein Stein stecken geblieben?« Kate war froh. Zum ersten Mal, seit Anders den Haferkasten offen vorgefunden hatte, schien die Luft zwischen ihnen rein zu sein. »Wird mit Wildfire jetzt alles gut werden?«, fragte sie.

»Ich weiß es nicht. Wir müssen sehen.« Anders schaute Kate direkt in die Augen. »Das ist der Grund, warum du die Hufe eines Pferds untersuchen musst, nachdem du es ausgeritten hast.«

Seine Stimme klang scharf, und Kates Hoffnung schwand dahin, wie der Rauch im Wind. Anders verdächtigte sie immer noch.

Die Enttäuschung schmerzte Kate. »Ich habe dir bereits gesagt: Ich habe Wildfire nicht ausgeritten.«

»Wer dann?«

Kate sah es seinem Blick an, dass er ihr nicht glaubte. *Wenn mein eigener Bruder mir nicht traut, wer dann?*, fragte sie sich. Es spielte keine Rolle, dass Anders nur ihr Stiefbruder war. Sie kannten sich nun schon fast neun Monate.

Kate hob den Kopf und warf ihren schwarzen Zopf über die Schulter. *Anders wird mir nie glauben. Nicht bevor ich herausfinde, wer Wildfire wirklich aus der Scheune entführt hat.*

Dann kam Kate eine Idee. *Vielleicht versteht Stretch, wie es mir geht. Vielleicht kann er mir sagen, was ich tun kann.*

Ein paar Tage später saß Anders in der Küche. Vor sich hatte er eine Zeitung auf dem Tisch ausgebreitet. Er las im Burnett County Journal vom 18. Januar.

»Sieh dir das an!« Anders stieß einen Pfiff aus.

Kate, die hinter ihm stand, schaute über die Schulter ihres Bruders, um zu lesen. In einer fetten Schlagzeile schrieb das Blatt: **Prämie gezahlt für wilde Tiere in Burnett County im Jahre 1906**.

»Prämie? Was ist eine Prämie?«, fragte Kate und vergaß für einen Augenblick die ungeklärten Gefühle zwischen ihr und Anders.

»Eine Belohnung«, erklärte er ihr. »Siehst du? Hier oben?« Er zeigte auf etwas Kleingedrucktes, das oben über vier Spalten stand.

An wen gezahlt lautete die erste Spalte, darunter kam eine Liste mit Namen. Als Nächstes kam *Summe* und die Dollar, die ausgezahlt wurden. Dann *Art des Tieres*.

Kate las die Liste herunter. »Ein Wolf, zwei Wildkatzen, ein Luchs, vierzehn Wölfe.« Sie machte eine Pause, so schrecklich fand sie den nächsten Eintrag. »*Vierzehn* Wölfe?«

»Jup.« Anders schien das nicht sehr zu beunruhigen. Er deutete weiter nach unten. »Gewöhnlich sind es nicht so viele. Aber acht, neun, drei. Oh, hier sind noch einmal vierzehn.«

»Wo?«, fragte Kate. Sie war kaum in der Lage zu flüstern. »Wo sind sie getötet worden?«

Dann sah sie die vierte Spalte und griff die Orte heraus, die der Windy Hill Farm am nächsten lagen. »Grantsburg, Wood Lake, Trade Lake.«

In diesem Augenblick schaute Anders ihr ins Gesicht. »Weißt du, warum es eine Prämie gibt?«, fragte er.

Kate schüttelte den Kopf.

»Weil wilde Tiere *unsere* Tiere töten.«

Aber Kate bekam immer noch kein Wort heraus.

»Was macht dir Angst?«, fragte Anders.

Schließlich antwortete Kate mit steifen Lippen: »Ich höre nachts die Wölfe heulen.«

Anders lächelte, doch diesmal zog er sie nicht auf. Kate fragte sich, ob er sich an das Versprechen erinnerte, das er gegeben hatte, als Papa sagte: »Gib acht auf Mama und Kate.«

»Sie werden dir nichts tun, Kate. Du bist im Haus sicher.«

»Aber wem *werden* sie etwas tun?«, fragte sie. Tief im Inneren wollte Kates Furcht nicht weichen.

»Tieren, die alt und krank sind«, erklärte Anders. »Die nicht mehr schnell genug laufen können. Und sie fallen Schafe und Kälber an. Schafe und Kälber sind ziemlich hilflos, weißt du.«

Kate war froh, als Anders die Zeitung fortlegte. Sie wollte nicht mehr an die Wölfe denken. »Deshalb holst du die Schafe immer herein, bevor es dunkel wird.«

Es war keine Frage. Kate kannte die Antwort.

Die Lage wird ernst

Früh am nächsten Morgen pochte Erik an die Tür der Windy Hill Farm. »Josies Bruder ist vorhin zu uns nach Hause gekommen«, erklärte Erik. »Der Ring ist wieder verschwunden!«

»Verschwunden?« Kate konnte es nicht glauben. »Ich dachte, Herr Swenson hätte ihn direkt verkauft, nachdem wir dort waren. Ist er denn nicht nach Minneapolis gefahren?«

Erik schüttelte den Kopf. »An dem Tag, an dem er fahren wollte, wachte Josies jüngster Bruder morgens auf und war sehr krank. Herr Swenson musste den Arzt holen und konnte deshalb gar nicht nach Minneapolis fahren.«

Kates Magen zog sich zu einem harten Knoten zusammen. »Der Ring ist *wirklich* wieder weg?«

Eriks blaue Augen verdunkelten sich vor Ärger. »Er ist *wirklich* weg. Josie möchte, dass wir alle kommen und ihnen suchen helfen. Diesmal durchkämmen wir die ganze Farm bis in den kleinsten Winkel.«

Erik half Kate und Anders bei ihren Arbeiten. Während Kate sich beeilte, fertig zu werden, trug Erik Milcheimer ins Haus. Anders, der ebenfalls einen Milcheimer trug, humpelte mit einer Krücke hinter ihm her.

Als Kate die Küche betrat, saßen die Jungen mit Mama am Tisch. Sobald sie Kate hereinkommen sahen, hörten sie auf zu sprechen. Im nächsten Augenblick redeten alle durcheinander.

Kate fühlte sich unwohl. *Sprechen sie über mich?*, fragte sie sich. Sie versuchte, ihre Gefühle beiseitezuschieben.

Bald darauf brachen Kate, Erik und Anders auf. Anders saß wieder auf dem Schlitten. Nach einiger Zeit lief er selbst ein Stück des Wegs, war dabei aber vorsichtig mit seinem verletzten Knöchel.

Als sie bei Josie zu Hause eintrafen, saß Herr Swenson in der Küche und trank Kaffee. Seine Augen blickten traurig, sein Gesicht war von Sorge gezeichnet.

Sie fanden Josie in dem großen, offenen Raum. »Als es meinem Bruder besser ging, wollte Papa den Ring holen«, erklärte sie. »Da entdeckte er, dass er fort war!«

»Könnte Herr Harris zurückgekommen sein?«, fragte Kate. »Könnte er den Ring gestohlen haben?«

»Wir hätten ihn gesehen«, antwortete Josie. »Wir sind die ganze Zeit hier gewesen.« Ihre Augen blickten furchtsam. »Das ist genau das, was dieser alte Wucherer will: In vier Tagen verlieren wir unser Haus!«

Vier Tage, dachte Kate. *Das letzte Mal war der Ring zwei Wochen lang verschwunden, diesmal vielleicht für immer.*

Kate starrte aus dem Fenster. Sie war so beunruhigt, dass sie kaum einen klaren Gedanken fassen konnte. Ein paar Tage zuvor war Herr Harris an diesem Geländer vorgefahren und hatte sich mit seinem hochmütigen, kalten Blick umgesehen, als wolle er alles in Besitz nehmen, was in Reichweite lag. Kate lief ein Schauer über den Rücken, wenn sie daran dachte, dass dieser schreckliche Mann Swensons die Farm wegnehmen würde.

Dann fiel ihr etwas ein. *Hier hat Josies Mutter gestanden und den alten Wucherer beobachtet. Sie wusste: Er konnte ihnen dieses Haus wegnehmen – das Haus, in dem sie und Herr Swenson mit ihren neun Kindern lebten.* Wieder überlief Kate ein Schauer, jedoch nicht vor Kälte.

Dann erinnerte sich Kate daran, wie Frau Swenson den Bibelvers immer wiederholt hatte. Als Kate sich wieder vom Fenster wegdrehte, hatte sie keine Furcht mehr.

»Habt ihr Stretch nach dem Ring gefragt?«, stieß Anders hervor.

»Papa lehnt das ab.« Josies Augen waren dunkel vor Schmerz. »Er sagt, wir können Stretch vertrauen.«

»Aber was ist, wenn ihr ihm vertraut, und er bringt euch um die Farm?«, brummte Anders.

»Anders, du hast keinen Beweis«, sagte Erik. »Du beschuldigst Stretch, weil er einen schlechten Ruf hat.«

»Richtig«, stimmte Anders zu. »Wenn wir ihm vertrauen, nimmt vielleicht Josies ganze Familie Schaden.«

»Habt ihr nicht irgendeinen Hinweis?«, fragte Kate.

»Der Ringdieb hat die Schachteln wieder genauso offen zurückgelassen wie das erste Mal. Willst du sie sehen?«

Kate nahm die Schachteln – die kleine, in der der Ring gelegen hatte, und die etwas größere, in der der Ring verschickt worden war. Sie ging an das Fenster und hielt sie hoch.

Dort im Sonnenlicht entdeckte sie etwas Neues. »Josie!«, rief Kate. »Meinst du, das könnten Fingerabdrücke sein?«

Auf der größeren Schachtel befand sich ein grauer Schmutzfleck. »Bei diesem Fleck hier ist es schwer, es mit Sicherheit zu sagen. Aber da ist etwas, was ich vorher nicht gesehen habe.«

Im Licht des Fensters drehte Kate die kleine Schachtel um. »Siehst du diesen Fingerabdruck? Er ist ein wenig verschmiert. Doch schau auf die andere Seite der Schachtel. Dort ist ein weiterer Abdruck, der genauso aussieht wie der erste. Beide Fingerabdrücke befanden sich an den Stellen, wo jemand die Schachtel festhalten würde, um sie zu öffnen.«

»Du hast recht, Kate!« Eriks Stimme klang aufgeregt.

»Wie groß müsste ein Finger sein, der so einen Abdruck hinterlässt?«

Er grinste. »Ziemlich klein.«

Kate war so erleichtert, dass sie lachte. »Genau das habe ich auch gedacht. Jetzt müssen wir nur noch herausfinden, wem der Finger gehört. Lasst uns auf die Hände von jedem achten, den wir sehen.«

Sie beschlossen, zunächst das Haus und dann die anderen Gebäude zu durchsuchen. Josie und Anders gingen zum Kornspeicher, Kate und Erik schauten in jeder Ecke der Scheune nach. Nach drei Stunden musste selbst Kate zugeben, dass sie nach einer Nadel im Heuhaufen suchten. Schließlich blieb ihnen keine andere Wahl, als aufzugeben.

Während Erik ging, um Josie und Anders zu suchen, lief Kate über den Hof. Dort lief sie gegen Stretch. Statt ihr in die Augen zu sehen, blickte der Junge mit dem blonden, lockigen Haar zur Seite.

Kate jedoch dachte an ihre Idee und sprach ihn schnell an, bevor er fortgehen konnte. Sie erzählte Stretch, dass Anders ihr nicht vertraute, und fragte schließlich: »Was soll ich tun?«

»Du musst den schnappen, der in eure Scheune kommt«, antwortete Stretch sofort.

»Aber wie?«, fragte Kate, obwohl sie wusste, dass er recht hatte.

»Kommt er immer nachts?«

Kate nickte. »Bis jetzt.«

»Dann versteck dich in eurer Scheune«, sagte Stretch. »Warte dort, bis du herausfindest, wer es ist. Ich würde dir gern helfen, wenn ich könnte, aber ich muss hierbleiben.«

»Danke, Stretch«, sagte Kate und fühlte sich bereits besser.

»Pass auf, dass du dich an einer Stelle versteckst, wo die Person dich nicht entdeckt«, warnte er.

Als Kate an diesem Abend auf ihr Zimmer ging, blieb sie angezogen. Sie wickelte sich in eine warme Decke und kniete sich vor das Fenster, von dem aus man den Fuhrweg überblickte.

Als das Haus still wurde, schlich Kate auf Zehenspitzen die Treppe hinunter, zog den schweren Mantel, Schal und Handschuhe an und schlüpfte nach draußen. Sie eilte zur Scheune und kletterte auf den Heuboden hinauf.

In der Nähe der großen Öffnung, von der aus man den unteren Teil der Scheune überblicken konnte, verbarg sich Kate tief im Heu. Eine lange Zeit wartete sie mit weit geöffneten Augen. Sie kämpfte gegen ihre Furcht vor der Dunkelheit und spähte durch die Öffnung nach unten.

Allmählich wurde Kate müde. Als sie aufwachte, war sie völlig durchgefroren.

Wie spät ist es?, fragte sie sich. Sie hatte keine Ahnung, vermutete aber, dass es sehr spät war. Sie wusste nur, dass ihr warm werden musste.

Als sie schnell die Küchentür öffnete, schlug die Uhr vier Mal. Auf Zehenspitzen schlich Kate zum Holzherd. Eine Stimme hielt sie an.

»Was hast du draußen gemacht?«, fragte Anders, der in der Türöffnung zum Esszimmer stand.

Kate fuhr zusammen.

»Bist du draußen gewesen, mein Pferd reiten?«

Von der Mitte der Küche aus schaute Kate ihm ins Gesicht. »Nein«, erwiderte sie mit fester Stimme, trotz des Schreckens, den Anders ihr versetzt hatte. »Ich versuche herauszufinden, *wer* Wildfire reitet.«

Anders schaute sie an, als glaubte er ihr kein Wort. »Wovon redest du?«

»Früher oder später wird die Person, die dein Pferd genommen hat, zurückkommen. Ich werde da sein.«

Anders starrte sie an. »Vielleicht hast du recht«, sagte er langsam. »Ich weiß gar nicht, warum ich nicht selbst darauf gekommen bin. Aber eins weiß ich. Ich will nicht, dass du allein da sitzt. Ich geh mit dir.«

Anders griff nach seinem Mantel und humpelte auf einer Krücke nach draußen. Während sie über den Hof zur Scheune gingen, schaute Kate nach oben. Kurz vor der Dämmerung schienen die Sterne am Nachthimmel zum Anfassen nah.

In der Scheune zog Anders sich mithilfe seiner kräftigen Arme und einem Fuß die Leiter hinauf. Kate reichte ihm seine Krücken nach, dann folgte sie ihm. Sie ließ sich im staubigen Heu nieder und spähte wieder durch die Öffnung in die Scheune hinunter.

Die Zeit zog sich hin, jede Minute schien eine Ewigkeit zu dauern. Kate war froh, dass Anders ihr Gesellschaft leistete. Zusammen zu warten, war nicht so beängstigend. Durch einen Spalt zwischen den Brettern der Außenwand beobachtete Kate, dass sich rosa Streifen in den östlichen Himmel hineinzogen. Plötzlich hielt sie den Atem an.

»Schhhh!«, warnte Anders. »Es kommt jemand!«

»Ich muss niesen!« Schnell bedeckte Kate mit den Händen Mund und Nase.

»Nein, nicht!«, flüsterte Anders. »Schhhhh!«

Unten wackelte das Türschloss. Als jemand die Tür öffnete und dann wieder schloss, quietschte sie in den Angeln. Durch die Öffnung, die den Blick zum unteren Teil der Scheune freigab, sah Kate, wie sich ein Schatten in ihre Richtung bewegte.

Wieder hielt Kate den Atem an und versuchte, ihr Niesen zurückzuhalten. Im nächsten Augenblick kam es: »Hatschiii!«

Der Schatten sprang zur Seite und stieß mit einem lauten Krachen gegen die Box.

Als die Tür zuschlug, war Anders bereits ein Stück die Leiter hinuntergeklettert. Kate stürzte hinter ihm her. Anders humpelte nach draußen. Aber wer die Person auch gewesen war – sie war entwischt.

»Ach Kate, wie konntest du nur!«, beschwerte sich Anders, als sie sich an der Scheunentür wieder trafen. »Wie konntest du nur ausgerechnet jetzt niesen!«

Im ersten Licht der Dämmerung schaute Kate in das Gesicht ihres Bruders und ahnte, wie aufgebracht er war. »Es tut mir leid, Anders«, sagte sie mit leiser Stimme. Ihr war übel vor Enttäuschung. »Wir waren ziemlich nah dran.«

»Nah dran, allerdings! Und jetzt versucht er es vielleicht nicht wieder – zumindest für eine Weile nicht. Wir hätten ihn auf frischer Tat ertappt.«

Ihn?, dachte Kate. »Was denkst du, wer es war?«, fragte sie. Anders zuckte nur mit den Schultern.

Wenigstens weiß er, es war jemand, dachte Kate. Es war immerhin ein schwacher Trost. Sie schaute nach unten und malte mit dem Fuß ein Muster in den Schnee.

Da bemerkte sie etwas. Als die Sonne am Himmel höher stieg, sah Kate zwischen ihrem Fuß und der Tür etwas Dunkles im Schnee liegen. Sie bückte sich und hob es auf.

Ein schwarzer Knopf!

»Schau mal, Anders!« Sie hielt ihm den Knopf hin, dann drehte sie ihn in ihrer Hand herum. »Vier Löcher für den Faden. Ein hoher äußerer Rand.«

Ein schiefes Lächeln huschte über das Gesicht ihres Bruders. »Gut, wir haben es also doch nicht ganz so schlecht gemacht!«

Kate stimmte zu. Vorsichtig ließ sie den Knopf tief in die Tasche ihres Mantels gleiten.

Während der Arbeit versuchte Kate, sich daran zu erinnern, wo sie einen solchen Knopf schon einmal gesehen hatte. Sobald sie und Anders mit dem Melken fertig waren, beeilten sie sich, zu Erik zu kommen. Zu dritt gingen sie dann weiter zu Josie. Anders fuhr wieder auf dem Schlitten, lief aber auch streckenweise und versuchte, seinen verletzten Knöchel zu stärken.

»Nur noch drei Tage«, sagte Kate, als sie an Swensons dachte. »Heute, morgen und Donnerstag.«

»Nicht ganz«, verbesserte sie Anders. »Donnerstag muss Herr Swenson nach Minneapolis fahren und den Ring verkaufen. Am Freitagmorgen muss er mit dem Zug zurückkommen.«

»Und für die Farm bezahlen«, fügte Kate hinzu, »bevor sie die Farm verlieren.«

Den letzten Zahlungstermin einzuhalten, schien unmöglich. Kate blickte zu Erik. Er sah genauso besorgt aus wie Anders.

Als sie zu Swensons kamen, durchsuchten Josie und Anders den Hühnerstall, Kate und Erik gingen zur Schmiede. Beide waren verlegen, dass sie in der Schmiede suchen mussten.

Stretch machte es ihnen nicht leichter. »Ihr werdet hier nichts finden«, meinte er schroff.

»Wir glauben es dir, Stretch«, antwortete Erik. »Wir vertrauen dir. Doch wir müssen nachsehen für den Fall, dass jemand hereingeschlichen ist, als du nicht hier warst.«

Stretch schien Eriks Worte zu akzeptieren. Während Kate und Erik suchten, schmiedete der große blonde Junge ein glühend rotes Stück Eisen auf dem Amboss. Doch er hämmerte halbherzig darauf herum, als läge ihm nichts an seiner Arbeit.

Schließlich ließ Stretch das Eisen in einen Eimer mit Wasser fallen. Er schaute Erik mit einem seltsamen Gesichtsausdruck an.

»Es gibt nichts, was mich hier hält«, brach es aus Stretch heraus, als beende er etwas, worüber er und Erik vorher gesprochen hatten.

»Nichts? Das ist nicht wahr«, protestierte Kate.

Sie erinnerte sich daran, wie selbstsicher Stretch gewirkt hatte, als sie ihm zum ersten Mal in der Schule am Spirit Lake begegnet war. Obwohl er älter als die anderen Kinder war, mochten sie ihn. Sie wollten, dass Stretch bei Spielen auf ihrer Seite mitspielte. Mit seiner Hilfe würden sie gewinnen.

Jetzt sah Stretch jedoch entmutigt aus. »Es gibt nichts, was mich hier hält«, erklärte er noch einmal.

»Du hast die Chance, Dinge wiedergutzumachen«, entgegnete Erik. »Herr Swenson sagt, du könntest einer der besten Schmiede hier in der Gegend werden.«

»Ich könnte es«, stimmte Stretch zu, »und ich hätte gern eines Tages meine eigene Schmiede. Vielleicht in Grantsburg. Doch es hat keinen Sinn, es zu versuchen.«

»Warum nicht?«, fragte Kate.

»Wenn die Leute mir nicht vertrauen, bekomme ich keine Arbeit«, antwortete Stretch. »Selbst wenn ich einmal meine eigene Schmiede hätte, sie würden nicht kommen.«

»Aber Herr Swenson glaubt an dich«, erwiderte Kate.

»Das ändert nichts«, sagte Stretch. »Andere vertrauen mir nicht. Dein Bruder Anders eingeschlossen.«

Kate schwieg, denn sie wusste: Stretch hatte recht.

Einen Moment später sagte der große dünne Junge erneut: »Wenn die Leute mir nicht vertrauen, bleibe ich nicht hier.«

»Was würdest du dann tun?«, fragte sie.

»Ich würde fortgehen.«

»Nach Hause?«, wollte Kate wissen. »Auf die Farm deiner Familie?«

Stretch schüttelte den Kopf. »Dort gibt es auch nichts, was mich hält.«

»Aber dein Vater?«, fragte Kate, obwohl sie wusste, dass Stretchs Vater fortgegangen war. »Wird er nicht zurückkommen? Ich meine, früher oder später?«

Stretch zuckte mit den Schultern und schaute zu Boden, statt Kate oder Erik anzusehen.

Dann ahnte Kate, was Stretch wirklich bedrückte. »Du denkst, dass er nicht mehr nach Hause kommt, nicht wahr?«

Der große Junge nickte, dabei mied er immer noch ihre Blicke.

Kate fragte sich, wie ernst Stretch das meinte, was er sagte. Sie fragte es sich nicht lange.

»Ich würde weglaufen«, sagte Stretch leise. Seine Stimme veränderte sich und klang hart wie der Hammer, den er benutzte, um Eisen zu schmieden. »Ich würde fortgehen und nie wiederkommen!«

Die Schatten werden länger

Trotz der Hitze, die der Schmiedeofen abgab, lief Kate ein Schauer über den Rücken. Stretch meinte es ernst. »Wo würdest du hingehen?«

»Komm, Stretch«, unterbrach Erik, »hör auf, so zu reden. Big Gust und Herr Swenson glauben an dich. Kate und ich glauben an dich. Wir wissen alle: Du willst die Dinge gutmachen.«

Stretch schien über seine mehr als 1,80 Meter hinauszuwachsen. »Nein, das wisst ihr nicht.« Seine Stimme klang ärgerlich. »Du bist ein Scheinheiliger, der gern schön daherredet. Ihr wartet nur darauf, dass ich etwas Falsches mache.«

»Nein, das tun wir nicht«, antwortete Erik. »Aber wir sind auch nicht dumm.«

Stretchs Lachen klang höhnisch.

»Du musst den Leuten Zeit geben«, fuhr Erik fort. »Beweise, dass sie dir vertrauen können.«

»Beweis es?«, höhnte Stretch. »Das habe ich.«

Erik schüttelte den Kopf. »Du hast damit angefangen«, sagte er und wirkte dabei älter als seine dreizehn Jahre. »Du bist damit noch nicht fertig.«

»Fertig! Ha! Dass ich nicht lache!« Stretch ging zurück an seine Arbeit.

»Was bist du, ein Drückeberger?«, fragte Erik.

Ohne zu antworten, nahm Stretch ein neues Stück Eisen auf. Mit ärgerlichen Schlägen begann er, es in Form zu schmieden. Als er sich weigerte, noch etwas zu sagen, gingen Kate und Erik hinaus. Stretch blickte ihnen nicht nach.

Als sie zum Farmhaus zurückkamen, fand Kate Josie, Anders und Frau Swenson in der Küche. Plötzlich wurde es still im Raum. Alle schauten zu Kate, und dann begannen alle gleichzeitig zu reden.

Kate fühlte sich unbehaglich, als erlebe sie noch einmal ihren ersten Tag in der Schule am Spirit Lake. Damals war sie ausgeschlossen, ängstlich und allein gewesen. Jetzt versuchte Kate, dieses Gefühl beiseitezuschieben. Sie erinnerte sich daran, wie sie Anders' Party geheim gehalten hatte.

Morgen ist mein Geburtstag, dachte Kate. Die ganze Woche hatte sie Mama beobachtet. Doch sie hatte nie bemerkt, dass ihre Mutter Vorbereitungen traf. Nicht ein einziges Mal witterte Kate den Duft eines frisch gebackenen Kuchens. Weil Papa fort war und sie das Baby erwartete, schien Mama mehr als genug bewältigen zu müssen.

Im nächsten Augenblick vergaß Kate ihren großen Tag. Sie und Erik mussten Swensons mitteilen, dass sie wieder einmal nichts gefunden hatten.

Josie sah blass und verzweifelt aus.

»Nur noch 24 Stunden Zeit, um den Ring zu finden«, sagte sie. »Dann muss Papa nach Minneapolis fahren.«

Und danach kommt der Wucherer, dachte Kate.

Am nächsten Morgen erwachte Kate, es war ihr dreizehnter Geburtstag. *Wird irgendjemand etwas Besonderes zu meinem Geburtstag machen?*, fragte sie sich.

Am Frühstückstisch wünschte niemand Kate alles Gute zum Geburtstag. »Wisst ihr, was heute für ein Tag ist?«, fragte sie.

Tina sah Kate an, als würde sie nichts verstehen. Lars putzte sich die Nase. Anders stand auf, um sich ein weiteres Stück Brot zu nehmen. Und Mama stand am Kochherd. Da sie immer noch mit einer Erkältung kämpfte, schien sie nichts zu hören.

Einer sollte wenigstens daran denken, dachte Kate und versuchte, ihren Schmerz fortzuschieben. *Vielleicht brauchen sie einen Wink.* »Es ist ein schöner Januartag«, sagte sie.

»Oh? Meinst du?«, fragte Mama.

»Nicht sehr kalt. Scheint ein besonderer Tag zu sein«, meinte Kate.

Doch Mama rührte weiter in ihrem Topf.

»Kommt es euch auch so vor, dass heute ein besonderer Tag ist?«, fragte Kate und blickte in die Runde.

Tina zuckte mit großen Augen die Schultern. Lars hustete in seine Serviette. Anders häufte Butter auf seinen Toast.

Schließlich gab Kate auf. *Es ist schlimm genug, wenn die anderen nicht daran denken. Aber wie kann meine eigene Mutter es vergessen?* Es war zwar ein schrecklicher Monat für Mama, doch trotzdem –

Dann fiel Kate ein: »Es ist der letzte Tag! Heute müssen Swensons den Ring finden.« Als sie daran dachte, dass Swensons ihre Farm verlieren würden, spielte ihr Geburtstag keine Rolle mehr.

Anders stand auf und ging ohne Krücken los. »Ich geh jetzt rüber zu Swensons«, sagte er. »Mir sind noch einige Stellen eingefallen, an denen man suchen könnte.« An der Tür drehte er sich zu Kate um. »Wenn du mit deinen Arbeiten fertig bist, kommst du nach, ja? Du kannst sowieso schneller laufen als ich. Vielleicht holst du mich ein!«

Als Kate zur Scheune hinauseilte, ging Anders los. Er benutzte den Fuhrweg, der jetzt von Pferden, Schlitten und Fußgängern ausgetreten war.

In der Scheune ging Kate zum Verschlag der Schafe und grub ihre Finger tief in das dicke Fell der Tiere. »Bääää!«, wurde sie begrüßt.

Während sie Clover tätschelte, bemerkte Kate, dass sie und die Kuh Freunde geworden waren.

Heute beeilte sich Kate beim Melken, denn sie wollte so viel Zeit wie möglich bei Josie verbringen. Sobald sie mit den Arbeiten fertig war, eilte sie in ihr Zimmer, um sich umzuziehen. Zuerst bürstete sie ihr Haar aus. Ungeflochten fiel es ihr dick und glänzend auf den Rücken. Kate nahm es und band es mit einem Band zusammen, statt sich Zeit für das Flechten ihres langen Zopfes zu nehmen.

Als sie nach draußen ging, tat ihr die frische Januarluft auf den Wangen gut. Kate sog die Luft tief ein. Im morgendlichen Sonnenlicht glitzerte der Schnee wie tausend Diamanten. Der Weg durch den Wald erschien ihr heute so außergewöhnlich und wunderschön wie ein für sie vorbereitetes Geschenk. Doch ein Gedanke ließ sie nicht los: *Wenn wir nur den Ring finden könnten!*

Als Kate bei Josie ankam, ließ Frau Swenson sie hinein. Kurz stand Kate in der Küche. Dann hängte sie ihren Mantel an einen Haken bei der Tür. Sie spürte die Wärme des Kochherds, doch etwas kam ihr eigenartig vor. Das Haus wirkte für eine Familie mit neun Kindern zu ruhig.

Schließlich lächelte Frau Swenson und Becca hielt eine Puppe aus Maisblättern hoch. Die Kleine nahm Kates Hand und führte sie an der Treppe vorbei, die nach oben führte. Als sie den anderen Raum betraten, war Kate plötzlich von Lärm umgeben. »Überraschung! Überraschung!«

Anders sprang hinter einem Stuhl hervor. Erik und Stretch tauchten hinter einem anderen auf. Josie und Maybelle krochen unter dem Tisch hervor, während noch mehr Kinder in das Zimmer zu strömen schienen.

Dann begann jemand »Happy Birthday« zu singen. Kate stand an der Schwelle, und ihr war, als müsste sie jeden Augenblick weinen.

»Wir haben es geschafft, ha!«, lachte Josie. »Wir haben dich wirklich überrascht!«

Kate lachte mit ihr. »Ihr habt mich wirklich überrascht!«

Josie grinste. »Du bist so gut darin, Geheimnisse zu lösen. Wir hatten schon befürchtet, du würdest auch dieses herausfinden!«

Kate schaute sich im Zimmer um. Jetzt erst erblickte sie einen großen Schokoladen-Geburtstagskuchen auf dem Tisch. Trotz allem, was geschehen war, hatte Frau Swenson den Kuchen gebacken, um Mama zu helfen?

Dann hörte Kate ein Geräusch in der Küche. Einen Augenblick später erschienen Mama und Tina, Lars und Frau Lundgren.

»Mama?«, fragte Kate und konnte kaum glauben, was sie sah.

Mamas Lächeln leuchtete sogar aus ihren Augen. »Sobald du aus dem Haus warst, hat Frau Lundgren uns gefahren. Wir haben die längere Straße genommen, damit du uns nicht sehen konntest.«

Mama streckte die Arme aus und drückte Kate an sich. »Herzlichen Glückwunsch zum Geburtstag, kleine Colleen.«

Kate blinzelte. Mama hatte es nicht vergessen. Sie dachte sogar an Vati O'Connells besonderen Namen für sie. Also das war es, was alle geplant hatten!

Bald begannen Anders und Erik die Spiele. Doch so sehr sie sich freuen wollte – Kate konnte Josies ängstlichen Blick nicht zur Seite schieben. *Wie können sie gerade jetzt für mich eine Party machen?*, fragte sich Kate. *Wenn sie ihre Farm verlieren, ist dies das letzte Mal, dass wir hier sind.*

Jedes Mal, wenn Kate zu Frau Swenson schaute, lächelte die freundliche Frau. Aber Kate war sich sicher: Hinter dem Lächeln verbarg sich Sorge.

Nach zwei Spielen meinte Kate: »Lasst uns ausschwärmen und alle noch einmal suchen. Wenn so viele nachschauen, findet vielleicht jemand den Ring.«

Doch als sie wieder zusammenkamen, hatte niemand auch nur den kleinsten Hinweis entdeckt. Obwohl Kate zu lächeln versuchte, konnte sie kaum ihren Kuchen essen.

Als die Party zu Ende war, brach Maybelle als Erste auf. Kate war nicht traurig darüber, etwas verblüffte sie jedoch. Sie konnte sich selbst nicht leiden, weil sie so misstrauisch war.

Während sie aßen, betrachtete Kate alle Hände. Maybelles Hände waren klein, doch die Hände einiger anderer Mädchen ebenfalls. Waren irgendwelche klein genug, um mit den Fingerabdrücken auf der Schachtel übereinzustimmen? Kate war sich nicht sicher. Aber eins wusste sie: Keiner besaß einen Mantel mit solchen Knöpfen wie der, den sie gefunden hatte.

Die Partybesucher brachen einer nach dem anderen auf. Als die Außentür aufschwang, erblickte Kate Lutfisk, der auf dem Weg saß und auf Anders wartete. Dann brachte Frau Lundgren Mama, Lars und Tina nach Hause. Kurz danach ging Stretch hinaus. Durch ein Fenster sah Kate, dass er Holz spaltete.

Frau Swenson steckte ihren Kopf durch die Türöffnung. »Josie, pass auf Becca auf, während ich draußen in der Scheune bin. Sie malt in der Küche auf einer Schiefertafel.«

Josie nickte gedankenverloren. »Nur noch ein paar Stunden, um den Ring zu finden«, sagte sie zu Kate, Anders und Erik, als sie in dem großen, offenen Raum saßen. »Wenn Papa den Ring morgen nicht verkauft, verlieren wir die Farm.«

Kate meinte, jemand schnüre ihr das Herz zusammen. »Lasst uns noch einmal alles durchgehen, was geschehen ist«, meinte sie. »Vielleicht fällt uns etwas auf, was wir außer Acht gelassen haben.«

»Ich kann nicht verstehen, wie der Ring zweimal verschwinden konnte«, erklärte Erik. »Besonders bei einer so großen Familie.«

Josie stimmte zu. »Einer meiner Brüder und Schwestern ist immer hier.«

»Und Stretch!«, erklärte Anders. »Stretch hat den Ring genommen.«

»Nein, das hat er *nicht*!«, entgegnete Kate.

»Ich bin mir sicher: Er hat es!« Anders stand auf. Es war seltsam, ihn ohne Krücken zu sehen. »Wer außer Stretch sollte es tun?«, fragte er, wobei seine Stimme lauter wurde.

»Ich glaube an ihn«, sagte Kate.

»Ich ebenfalls«, fiel Erik ein. »Er versucht, sein Leben in Ordnung zu bringen.«

Als Erik sprach, wurde Kate klar, wie seltsam das alles war. Sie spürte immer noch den Schmerz, dass Anders ihr nicht vertraute. *Empfindet Stretch innerlich den gleichen Schmerz? Ist das der Grund, warum er aufgeben will?*

Kate stellte sich auf seine Seite. »Stretch hat sich geändert«, sagte sie. »Warum beschuldigst du ihn?«

»Wenn jemand etwas wegnimmt, dann hat er einen Grund«, stellte Anders fest.

»Und?«, fragte Kate. »Was ist sein Grund?«

Anders dachte einen Augenblick nach. »Er will solche Dinge haben.«

»Er will einen Ring, den er hier nicht tragen könnte?«, fragte Kate »Was sollte er damit machen?«

»Ihn verkaufen«, antwortete Anders prompt.

Kate schüttelte den Kopf. »Das ist kein ausreichender Grund.«

»Kate hat recht«, fiel Erik ein. »Du hast keinen Beweis.«

»Hört zu«, meinte Anders. »Um etwas an sich zu nehmen, braucht jemand eine Gelegenheit. Wer hatte eine Fülle von Gelegenheiten? Stretch!«

Gerade da nahm Kate hinter Anders in der Nähe der Tür, die zur Küche führte, eine Bewegung wahr. Was war das?

Kate sprang auf und rannte zum Türeingang. Sie steckte den Kopf in die Küche und schaute sich um. Becca saß dort und malte auf einer Schiefertafel.

Kate drehte sich um und schaute die Treppe hinauf. Auch dort war nichts.

»Siehst du Gespenster, Kate?«, fragte Anders.

Kate zuckte die Schultern und kam in den großen, offenen Raum zurück. Sie setzte sich auf den Boden und lehnte sich gegen die Regalbretter neben der Küchentür.

Ihr Unbehagen wollte nicht verschwinden. Sie hatte etwas gesehen. Einen Schatten. Dieser Schatten war an der Tür vorbeigehuscht.

Lutfisk jagt Calico

Während Kate über den Schatten nachdachte, kehrte Anders zu seinen Gedanken zurück.

»Eine Person, die etwas wegnimmt, braucht dazu eine Gelegenheit«, sagte er. »Sie muss in der Lage sein, es zu tun.«

»Richtig.« Erik dehnte jede Silbe. »Und wir wissen alle: Stretch hatte die Gelegenheit. Doch das heißt nicht, dass er schuldig ist.«

»Wir müssen herausfinden, wer sonst die Gelegenheit hatte.« Kate dachte laut nach.

»Also, statt Stretch zu beschuldigen, lasst uns nachdenken, wer hier war, als der Ring verschwand«, meinte Erik. »Und wer ihn wieder auftauchen lassen konnte.«

Eine Zeit lang war es still im Raum. Schließlich brach Kate das Schweigen. »Ich habe den Ring zuletzt an dem Tag gesehen, an dem wir euch das Essen brachten.«

»Wer von uns war an diesem Tag hier?«, fragte Erik.

Kate und Erik sahen einander an, dann schauten sie zu Anders und Josie. »Wir alle«, antwortete Kate. »Und Maybelle.«

»Und Stretch«, ergänzte Anders.

Erik wandte sich an Kate. »Wann hast du die Schnalle für deinen Ski hier liegen lassen?«

»Am selben Tag«, antwortete Kate.

»Also waren wir alle hier«, erklärte Erik.

»Und Maybelle«, fügte Kate hinzu, obwohl sie sich seltsam unruhig fühlte.

»Und Stretch«, ergänzte Anders.

»Nun, wann tauchte der Ring wieder auf?«, fragte Erik und meinte Josie.

»Das wissen wir nicht genau«, antwortete sie. »Wir wissen nur, wann ich ihn neben diesem Stuhlbein gefunden habe.«

»Und wann er wieder verschwunden ist«, fuhr Erik fort. Daran bestand kein Zweifel.

»Auch da waren alle von uns hier!«, rief Anders.

»Und Maybelle.« Kates Herz war schwer. Obwohl sie das andere Mädchen nicht mochte, wollte sie nicht glauben, dass Maybelle etwas stehlen würde. Besonders nicht von Josies Familie.

»Und vergesst Stretch nicht«, erinnerte Anders sie. »Er ist die ganze Zeit über hier gewesen, wie Josie und ihre Brüder und Schwestern.«

Im gleichen Augenblick fragte sich Kate, ob sie auf der Treppe ein Geräusch hörte. Sie lauschte, doch es ließ sich kein Geräusch mehr wahrnehmen.

»Es ist Stretch, ich sage es euch!«, erklärte Anders mit Bestimmtheit. »Ich bin mir sicher: Er ist schuldig.«

Kate schaute Anders an und fragte sich, warum er so bereitwillig den großen, schmalen Jungen beschuldigte. Hätte ihr Bruder mit Stretch gesprochen, so wie sie und Erik es getan hatten, würde er vielleicht nicht so denken.

In diesem Moment blickte Kate über ihren Bruder hinweg und nahm eine schnelle Bewegung wahr. Sie sprang auf und eilte zum Fenster. Als sie hinaussah, stürzte gerade jemand um die Ecke des Hauses.

Kate rannte zur Küchentür und riss sie auf, stürmte die Stufen hinunter und rannte um das Haus. Es war zu spät. Wer auch immer da gewesen war, er war verschwunden.

Lutfisk wartete immer noch draußen und folgte Kate zurück zur Küchentür. Als sie die obere Stufe erreichte, drehte sich Kate zu ihm um. »Sitz, Lutfisk. Sitz!«

Lutfisk setzte sich hin, und Kate freute sich über seine wachsende Bereitschaft, ihr zu gehorchen. Doch als sie die Tür öffnete, schoss Josies Kätzchen hinter dem Ofen hervor.

Plötzlich stürzte ein Fellknäuel die Stufen hinauf. Lutfisk raste an Kate vorbei in die Küche.

Calico fauchte und floh in das andere Zimmer. Mit einem »Wuff!« sauste Lutfisk wie der geölte Blitz hinterher. Kate folgte dem Hund.

Das Kätzchen sprang in Josies Arme, Lutfisk blieb ihr dicht auf den Fersen. Der Hund rannte um Josie herum, dann sprang er an ihr hoch. Calico war mit einem Satz auf dem Boden.

Bevor Josie sie packen konnte, schoss das Kätzchen an Anders vorbei. Erik griff nach unten und versuchte, sie zu erwischen, doch Calico stürmte zwischen seinen Beinen hindurch. Erik wirbelte herum. In diesem Augenblick verschwand das Kätzchen.

Lutfisk bremste rutschend ab und hob den Kopf.

Anders heftete seinen Blick auf ihn, dann begann er zu lachen. »Ist dir dein Opfer entwischt, alter Junge?«

Mit heraushängender Zunge schien Lutfisk zu lauschen. Er sah genauso verblüfft aus wie Kate.

»Wo ist Calico hin?«, fragte sie.

Selbst Lutfisk schien verwirrt. Er stand mitten im Zimmer und drehte seinen Kopf hin und her.

Dann senkte er die Nase auf den Boden und schnüffelte. An Erik vorbei verfolgte Lutfisk Calicos Spur durch den Raum. Bei den Regalbrettern neben der Küchentür ließ der Hund sich auf den Bauch fallen. Einen Augenblick lang blieb er dort mit angespanntem Körper liegen.

Dann robbte er mit seiner Schnauze auf den Vorderpfoten vorwärts. Dicht an der Wand schob er seine Nase in den engen Spalt unter dem untersten Brett. »Wuff!«, bellte er.

Als Anders ihn rief, weigerte er sich, dort wegzugehen. »Das ist seltsam«, meinte Kate. »Lutfisk tut sonst immer, was du sagst.«

»Immer«, sagte Anders, wobei sich seine Stirn in Falten legte. Doch statt zu dem Hund zu gehen und ihn zum Gehorsam zu zwingen, setzte Anders sich so hin, dass er Lutfisk beobachten konnte. »Ich kann nicht erkennen, was da vor sich geht.«

Auch Kate beobachtete den Hund. Einen Augenblick später sprang sie auf. »Siehst du, was ich sehe?«

Sie kniete sich neben Lutfisk, nahm ihn am Halsband und zog ihn zurück.

Lutfisk knurrte.

Kate ließ sich nicht abbringen. »Nimm ihn, Anders, ja?«

Als Anders den Hund zur Seite zerrte, ließ Kate sich an die Stelle plumpsen, wo der Hund gelegen hatte. Zum ersten Mal fragte sie sich, ob der dunkle Spalt zwischen dem unteren Regalbrett und dem Boden mehr war als nur ein Schatten.

Erik ließ sich neben sie fallen.

Auf dem Bauch liegend, schob Kate ihre Hand in den kleinen Spalt. Sie tastete die Wand ab, so weit sie konnte. Ihre Finger entdeckten tatsächlich, was sie glaubte gesehen zu haben – eine kleine Öffnung, gerade groß genug für ein Kätzchen und groß genug, dass die Hand eines Erwachsenen hindurchpasste.

»Komm her, Kätzchen!«, rief sie. »Komm her, Calico. Miez, miez, miez!«

Als Calico nicht erschien, drehte sich Kate um. »Ruf du sie, Josie.«

»Moment mal«, sagte Anders. »Ich halte Lutfisk fest.«

Als Anders den Hund weiter fortzog, sah Kate ein kleines Auge und eine kleine Pfote in der Öffnung erscheinen.

Josie nahm Kates Stelle ein und rief Calico mehrere Male. Aber Calico wollte ihr Versteck nicht verlassen. Schließlich ließ Josie sie gewähren.

»Sie wird herauskommen, wenn sie hungrig ist«, meinte Erik.

Kate war jedoch nicht bereit aufzugeben. »Was denkst du, wohin diese Öffnung führt?«

»Neugierige Kate!«, spottete Anders. »Das ist der richtige Name für dich!«

Anders schien wieder der Alte zu sein. Obwohl Kate es nicht zugegeben hätte: Sein Necken tat fast gut. *Vertraut er mir wieder?*, fragte sie sich. Es hatte geholfen, dass Anders dabei war, als jemand in die Scheune eindrang. Aber sie wussten immer noch nicht, wer diese Person war.

Kate warf den Kopf in den Nacken. »Schrecklicher Anders, meinst du!«

Ihr Bruder schob seinen blonden Haarschopf zurück. Seine Lippen verzogen sich zu einem schiefen Lächeln. »Jup, wir nennen dich neugierige Kate!«

Ohne Anders zu beachten, ließ Kate sich wieder hinunter auf den Bauch fallen. Noch einmal fasste sie unter das niedrigste Brett. Diesmal schob sie zuerst die Hand, dann den Arm in das Loch und tastete herum. Auch auf der anderen Seite der Wand war Fußboden.

Kate tastete sich vorwärts, dann drehte sie ihre Hand mit der Handfläche nach oben. Als sie die Finger so weit wie möglich vorwärtsstreckte, fühlte sie an der Innenseite der Wand ein kleines Stück Holz. Das Holz schien etwa zweieinhalb Zentimeter breit und acht bis zehn Zentimeter lang zu sein.

»Aha!«

Kate betastete mit ihren Fingern das Holzstück weiter oben. In der Mitte ertastete sie den Kopf eines Nagels. Der Nagel brachte Kate auf eine Idee. Oft hielt ein drehbares Stück Holz eine Tür verschlossen und bildete so etwas wie einen Riegel.

Kate schob ihre Finger zum Ende des Holzstücks und drückte dagegen. Tatsächlich: Das kleine Holzstück bewegte sich. Wieder drückte Kate.

Sie versuchte es noch mehrere Male. Aber das Stück bewegte sich nicht weiter. Verblüfft setzte Kate sich schließlich auf.

»Was ist dort?«, fragte Erik.

»Ein Stück Holz. Es dreht sich um einen Nagel wie ein Riegel, der eine Tür verschlossen hält. Es hat sich ein bisschen bewegt, doch jetzt sitzt es fest.«

»Lass mich mal versuchen«, bot er an.

Erik legte sich auf den Bauch und griff wie Kate durch das Loch. Kate trat zurück und schaute zu. Als Eriks Arm sich bewegte, wusste sie: Er zog das Holz hinunter. In diesem Augenblick bewegte sich vor Kate ein Brett.

»He! Du hast etwas bewegt!«, rief sie.

Erik blickte hoch. »Hat sich das Brett bewegt, oder bilde ich mir etwas ein?«

»Es hat sich wirklich bewegt!«, bestätigte ihm Anders. »Vielleicht sind die Bretter auf eine Tür genagelt!«

»Vielleicht«, sagte Erik. »Doch wenn du recht hast, war diese Tür lange Zeit verschlossen.«

Seine Armmuskeln spannten sich an, während

er erneut gegen das kleine Holzstück drückte. »Da haben wir es!«

Langsam schoben sich die Regalbretter in den Raum hinein.

Fußspuren im Schnee

Es ist eine Tür!«, rief Kate.

Während sie mit Anders die Regalbretter festhielt, fasste Erik den Handgriff am Boden und zog weiter.

Kraaaa-a-a-k! Die Tür quietschte so laut, als sei sie lange nicht benutzt worden. Als sie so weit es ging offen stand, sprang Erik auf. Sie alle spähten in die Dunkelheit hinter den Regalbrettern.

Krallen kratzten über den Holzfußboden. Ein Wollknäuel kam herausgeschossen. Calico sprang in Josies Arme.

Lutfisk bellte. Anders packte das Halsband des Hundes und hielt ihn fest, bis er sich setzte. Als Anders ihn wieder losließ, schnüffelte Lutfisk seinen Weg in das gähnende Loch.

»Er zeigt uns, wo wir hingehen müssen!«, rief Josie.

Schnell zündete Kate eine Kerze an, stellte sie in einen Halter und kam mit der kleinen Flamme zur Türöffnung. Sie hielt die Kerze vor sich und trat in die Dunkelheit.

Anders folgte dicht dahinter und spähte über Kates Schulter hinweg. Erik und Josie drängten sich dazu.

»Seht euch das an!« Josie deutete auf die großen Balken, die die Tür einrahmten.

»Wir gehen durch eine Blockhauswand«, stellte Anders fest. »Vielleicht war das früher ein Fenster, und jemand hat eine Tür daraus gemacht.«

Kate sah, was er meinte. Die Wand war genau wie am Türeingang zur Küche fast dreißig Zentimeter dick.

Kate schaute sich in dem geheimen Zwischenraum um. Der Raum war eng, wahrscheinlich nicht breiter als höchstens neunzig Zentimeter. Aber er war lang. Er erstreckte sich von der Küchentür hinter dem Kamin vorbei bis hinüber zu den Balken der Außenwand.

Die Wand, die der Regaltür gegenüberlag, war aus breiten, hochkant stehenden Brettern gefertigt. Diese Bretter sahen im Vergleich zu den Balken neu und unverwittert aus.

Kate hielt die Kerze hoch und schaute zur Decke. Ein Teil davon schien die Unterseite von Stufen zu sein, die nach oben führten. Auf der Seite neben der Küchentür verlief die Decke nur einen Fuß über dem Boden. Wo Kate stand, reichte sie ihr über den Kopf. Am anderen Ende war sie so hoch wie die zweite Etage. Selbst ein großer Mann konnte dort stehen.

»Schön, das erklärt ein Geheimnis!«, rief Josie, während sie ihr Kätzchen immer noch außer Reichweite von Lutfisk hielt. »Wenigstens wissen wir jetzt, wo Calico sich immer versteckt hat.«

»Aber etwas wissen wir noch *nicht*«, entgegnete Kate. »Wo ist der Ring deines Vaters? Und wo ist die Schnalle für meinen Ski?«

Noch einmal hielt Kate die Kerze hoch und betrachtete die Wände von oben bis unten. Der Raum schien leer zu sein.

Die anderen sahen genauso enttäuscht aus wie Kate. Ein solches Versteck zu haben, hätte Spaß gemacht. Es gab viele Möglichkeiten, wie sie es nutzen könnten. Aber sie hatten das Geheimnis des verschwundenen Rings bisher nicht gelöst.

Erik tastete die Seiten des kleinen Raums ab und drückte hier und da gegen die Bretter, um ein geheimes Fach zu entdecken. Anders untersuchte den Holzboden. Josie hielt Calico von Lutfisk fort. Schließlich gaben Josie und Erik auf und verließen den kleinen Raum.

Da bemerkte Kate, dass Lutfisk, nachdem er überall herumgeschnüffelt hatte, bei der Türöffnung stehen blieb. Er ließ sich auf den Bauch fallen und legte den Kopf auf seine Pfoten.

Als Anders den Raum verließ, rief er Lutfisk. »Hierher, Junge!« Doch der Hund rührte sich nicht von der Stelle.

»Lutfisk!«, befahl Anders noch einmal.

Der Hund winselte freudig, schob sich einige Zentimeter auf dem Bauch nach vorn, dann blieb er liegen.

Kate stand immer noch in dem geheimen Raum und wartete darauf, dass Lutfisk gehorchte. »Was ist los mit ihm?«

Anders schlug sich auf das Bein. »Komm schon, Junge. Damit kommst du nicht durch.«

Lutfisk schnüffelte mit seiner Nase dichter an der Wand.

Erstaunt kniete sich Kate neben den Hund auf den Boden. Dann sah sie, was ihr bis jetzt entgangen war: Etwas Glänzendes lag in der Dunkelheit versteckt. In einem Spalt neben der Tür leuchtete etwas. Die Nase des Hundes zeigte direkt darauf!

Kate zerrte an Lutfisks Halsband und zog ihn nur ein wenig zurück. Tatsächlich, sie täuschte sich nicht!

Sie stellte den Kerzenhalter auf den Boden, streckte die Hand aus und schob ihre Finger in den engen Spalt. Heraus kam ein kleines, rundes Ding.

»Papas Ring!«, rief Josie. Im Licht der Kerze funkelten die Diamanten und Rubine.

Anders lächelte zu Kate hinüber. »Gute Leistung für einen Hund, was?«

Kate lächelte zurück und grub tiefer. Als Nächstes fand sie die Schnalle für ihren Ski. Sie nahm Schnalle und Ring und legte beides auf den niedrigen Tisch neben dem Regal.

Josies Augen strahlten. »Wir können die Farm bezahlen!«

»Gerade rechtzeitig!«, seufzte Kate erleichtert. »Morgen kann dein Vater nach Minneapolis fahren.«

»Ich geh ihn holen«, jubelte Josie und wollte zur Tür laufen. Fast hätte sie ihre Mutter umgerannt.

Als Frau Swenson die Neuigkeit hörte, warf sie die Hände hoch und lief hinaus: »Henry! Henry! Wir können rechtzeitig zahlen!«

Bald kam sie mit Herrn Swenson zurück. Als

Josie ihm alles erzählte, verwandelte sich sein Schock zuerst in Erleichterung, dann in Freude. Zweimal versuchte er, Fragen zu stellen, brachte jedoch kein Wort heraus. Stille Tränen liefen über seine rauen Wangen. Als er schließlich sprechen konnte, sagte er einfach: »Gott sei Dank!«

Erik und Anders zeigten Herrn Swenson den geheimen Raum, dann schlossen sie die Tür. Das Loch verschwand wieder im Schatten des untersten Brettes.

»Es musste nur jemand den Ring hindurchschieben«, erklärte Erik. »Der Ring blieb im Spalt dahinter stecken.«

»Dies ist ein Ein-Raum-Blockhaus gewesen«, erläuterte ihnen Herr Swenson. »Die Leute, die vor uns hier wohnten, haben die Küche angebaut. Vielleicht haben sie damals den geheimen Raum angelegt.«

Trotz der Festtagsstimmung fühlte sich Kate unbehaglich. »Wir wissen immer noch nicht, wer es getan hat«, erklärte sie. »Wer hat die Schnalle und den Ring durch das Loch geschoben? Und wer hat den Ring wieder herausgenommen?«

Einen Augenblick später beantwortete Kate ihre Frage selbst.

»Maybelle kann es nicht gewesen sein. Sie hätte den Ring niemals hier versteckt.«

»Dann bleibt nur Stretch übrig«, erklärte Anders.

»Nein«, sagte Herr Swenson, und seine Frau nickte zustimmend. »Es war nicht Stretch. Doch wer es auch war: Er muss in der Lage gewesen sein, an den Ring zu kommen. Ich hatte ihn hoch oben auf diesen Regalbrettern versteckt.«

Da fiel Kate etwas ein. »Wir haben immer noch einen Hinweis, den wir nicht deuten können: die Abdrücke auf den Schachteln. Wenn es kleine Fingerabdrücke sind, von wem stammen sie?«

Da bemerkte Kate, wie still es draußen war. Stretch spaltete nicht länger Holz draußen vor dem Fenster.

Josie sprang auf. »Uh-oh! Ich habe vergessen, dass ich auf Becca aufpassen sollte. Wo ist sie?« Als Josie hinausrannte, fand sie die Dreijährige in der Küche.

Becca folgte Josie in den großen Raum und ging zu dem niedrigen Tisch hinüber. Sie zeigte auf die Schnalle. »Schön«, sagte sie. Dann nahm sie den Ring auf. »Schön«, sagte sie wieder.

»Das ist wahr«, stimmte Josie zu. »Er ist schön. Leg ihn zurück auf den Tisch.«

Kate betrachtete Beccas Finger genauer. »Sie sind klein! So klein wie die Abdrücke auf den Schachteln? Könnte das sein?«

Im gleichen Augenblick hielt Becca den Ring hoch. Das schwindende Sonnenlicht ließ das Gold, die Diamanten und Rubine leuchten.

»Schön!« Becca schloss ihre rundliche Faust um den Ring und trug ihn hinüber zu den Regalbrettern. Dort ließ sie sich auf den Boden plumpsen, streckte ihre Hand unter das untere Brett und schob den Ring durch das Loch.

»Hast du *das* gesehen?«, fragte Kate.

Josie war bereits bei der Dreijährigen. »Hast du das schon einmal gemacht?«, fragte Josie.

Langsam nickte Becca. Ihre Unterlippe zitterte.

»Ich kann's nicht glauben!«, rief Josie aus. »Wie oft haben wir nach dem Ring gesucht!«

Becca schaute Josie groß an, in ihren Augen schimmerten Tränen.

»Und du hast ihn genommen, Becca?«

Becca senkte den Kopf und begann zu schluchzen. Sie streckte die Arme zu ihrer Mutter aus.

Frau Swenson nahm die Kleine in die Arme. »Josie hat recht«, ermahnte sie Becca. »Du darfst keine Dinge nehmen, die dir nicht gehören.« Frau Swenson ging zur Küche. »Mama muss mit dir sprechen. Jo, ganz bestimmt.«

Bei der Tür drehte sich Frau Swenson um. »Wo ist Stretch so schnell hingegangen? Ich sah ihn zum Wald rennen. Ich habe ihn gerufen, doch er ist nicht zurückgekommen.«

Erik schaute Anders an. »Er hat dich gehört, Anders.« Eriks Stimme klang ärgerlich.

»Er hat dich gehört und ist losgerannt«, sagte Kate. »Davongerannt!«

»Stretch hier«, sagte Becca mit kleinlauter Stimme. »Er hier, als du böse.«

Anders starrte auf die Kleine, als würde er schlagartig erkennen, was er getan hatte.

»Herr Swenson hat uns gebeten, Stretch zu helfen«, fuhr Erik fort. »Wir haben ihm wirklich geholfen! Wir haben ihn einer Sache beschuldigt, die er nicht getan hat. Wir haben ihm geholfen aufzugeben!«

Anders fuhr sich mit der Hand über das Gesicht, als versuche er wegzuwischen, was er sah.

Schatten, dachte Kate, als sie den Schmerz im Gesicht ihres Bruders wahrnahm. *Anders hat Stretch einer Sache beschuldigt, die er nicht getan hat.*

»Ich war im Unrecht«, hauchte Anders mit leiser, beschämter Stimme.

Als Kate ihn betrachtete, stellte sie sich eine Frage. *Habe ich mich Maybelle gegenüber genauso verhalten? Ich habe ihr vom ersten Augenblick an nicht getraut. War das falsch? Oder ist mein Unbehagen begründet?*

Jetzt stand Anders mühsam auf.

»Was kann ich tun? Ich muss Stretch sagen, dass es mir leidtut.«

»Lasst uns alle nach ihm suchen«, antwortete Kate. Von ganzem Herzen wollte sie die Dinge für Stretch in Ordnung bringen.

Erik griff nach seinem Mantel. »Wir müssen ihn jetzt finden!«

Kate stimmte zu. »Bevor er für immer verschwunden ist!«

»Ich werde gehen«, sagte Herr Swenson. »Ich spanne die Pferde an.«

»Wenn Sie die Straße nehmen, werden wir auf den Wegen nachsehen, wo Sie nicht fahren können«, schlug Erik vor. »Es scheint so, dass Stretch durch den Wald gelaufen ist.«

»Du kannst mit diesem Knöchel nicht rennen«,

warnte Frau Swenson Anders, als sie alle ihre Mäntel anzogen.

»Kate kann nicht allein gehen«, entgegnete Anders. »Es ist bald dunkel. Sie hat abends im Wald Angst.«

Diesmal stritt Kate nicht mit ihm, obwohl sie nie vor Anders zugegeben hätte, dass es stimmte.

»Ich gehe so weit ich kann«, erklärte Anders, dabei zog er Papas alte Arbeitsstiefel über seine Wollsocken. »Wir bleiben zusammen.«

Als sie hinausgingen, stand die Wintersonne tief am Himmel. Die Bäume und Büsche warfen lange Schatten. Erik übernahm die Führung, als sie den Weg in den Wald erreichten, auf dem Frau Swenson Stretch hatte verschwinden sehen. Anders folgte, mit Kate und Josie dicht hinter ihm.

Schon bald zeigte Erik auf Fußspuren im Schnee. »Das ist er!«

Eine Zeit lang war es leicht, den Spuren zu folgen. Es waren nicht viele Leute diesen Weg gekommen. Doch die Stiefelabdrücke lagen weit auseinander. Stretch war gerannt. Bestand irgendeine Hoffnung, ihn einzuholen?

Zu Kates Überraschung hielt Anders mit ihnen Schritt. Als sie an eine Weggabelung gelangten, blieb Erik stehen. Er und Anders untersuchten den Schnee.

Sie waren auf einem wenig benutzten Pfad durch den Wald gekommen. Jetzt mussten sie sich nach rechts oder links wenden. Auf diesen beiden breiteren Wegen war der Schnee kreuz und quer von Menschen, Pferden und Schlitten festgetreten. Um viele der Spuren hatte sich eine Eiskruste gebildet.

Erik ging sechs oder sieben Meter in eine Richtung und untersuchte den Schnee. Dann kam er zurück und untersuchte den anderen Weg. Schließlich schüttelte er den Kopf. »Zu viele Leute.«

»Wir müssen uns aufteilen«, schlug Kate vor. »*Beide* Wege nehmen.«

Erik nickte. »Doch du und ich sind die Einzigen, denen Stretch vertrauen wird, wenigstens ein bisschen. Also geht besser einer von uns rechts, der andere links. Vielleicht ist er bereit, mit uns zu reden.«

Anders schaute zu Kate. »Lass uns beide den Weg zu unserem Haus nehmen. Wenn Stretch zur Farm seiner Familie rennt, schlägt er diese Richtung ein.«

Erik stimmte zu. »Und Josie und ich nehmen die andere Richtung. Es gibt eine alte Blockhütte unten am Weg. Wenn Stretch davon weiß, läuft er vielleicht dorthin.«

Als sie erneut aufbrachen, bestimmte Anders das Tempo. Seine langen Beine schritten weit aus, und Kate musste rennen, um mitzukommen.

»Wir müssen uns beeilen«, rief Anders ihr zu. »Stretch hat einen ziemlichen Vorsprung.«

Kate versuchte, schneller zu laufen. Durch Stiefelabdrücke, deren Rand vereist war, war der Weg uneben.

Ein Stück weiter drehte sich Anders nochmals um. »Er wird uns entwischen!«, rief er. Im nächsten Augenblick schrie er auf.

Als Kate um eine Wegbiegung lief, fand sie Anders, der sich am Boden wälzte.

»Au, au, au!«, stöhnte er und umklammerte dabei seinen Knöchel. »Ich bin mit meinem Fuß falsch aufgetreten.«

Als Kate ihn einholte, kniete sie sich neben ihn. Sie war voller Angst. Wie würde Anders nach Hause kommen? Und wie konnten sie Stretch jemals einholen?

»Was soll ich tun?«, fragte sie.

»Es ist, als hätte mir jemand ein Messer in den Fuß gejagt.« Anders sprach mit zusammengebissenen Zähnen.

Kates Magen schnürte sich zusammen. Einen langen Augenblick starrte sie ihren Bruder hilflos an. »Hätten wir nur eins von diesen neumodischen Telefonen!«, sagte sie.

Anders spottete: »Das würde hier draußen im Wald viel nützen.«

»Ich könnte anrufen und Hilfe holen. Ich könnte Stretchs Farm anrufen und sehen, ob er da ist.«

»Kate, rede keinen Unsinn!«, sagte Anders scharf. »Du musst weitergehen.«

»Weitergehen?« Kate schaute sich um. In der Dämmerung, die heraufzog, bevor die Sonne endgültig am Horizont verschwand, wirkte der Wald unheimlich.

»Du hast keine andere Wahl.«

»Ich soll den ganzen Weg alleine gehen?« Kate starrte ins Unterholz. Hier und da wirbelte der

Wind abgestorbene braune Blätter hoch. Welche Tiere lauerten hinter dem Busch, den sie sehen konnte? »Es ist bald dunkel«, meinte sie.

»Stretch wird verschwinden«, drängte Anders. »Er wird die Gegend verlassen, und wir werden ihn nie wieder sehen. Du bist diejenige, die mir gesagt hat, wie schrecklich das sein würde!«

Einmal mehr starrte Kate in den Wald und seine langen, dunklen Schatten. Ein Grauen vor diesen Schatten stieg in ihr hoch. Als sie wieder sprach, zitterte ihre Stimme. »Ich kann nicht, Anders.«

Die gefährliche Jagd

Du musst«, sagte Anders fest. »Du musst weitergehen.«

»Ich kann nicht«, erwiderte Kate und starrte dabei in die immer dunkler werdenden Wälder. »Allein kann ich es nicht.«

Anders seufzte. »Es geschieht dir nichts. Der schwarze Mann wird dich nicht bekommen.«

»Der schwarze Mann?« Kates Herz klopfte bis zum Hals. Sie hatte eigentlich an die wilden Tiere gedacht.

»Also, wovor hast du Angst? Hör auf, nur an dich zu denken.«

»Ich denke nicht nur an mich!«

»Nicht, du Angsthase?« Seine Stimme stachelte Kate auf, sodass sie mehr ärgerlich als ängstlich wurde.

Doch dann dachte sie an Anders. »Und was wird mit dir?«

»Ich werde es schon irgendwie schaffen. Hilf mir nur aufzustehen.«

Kate fasste Anders am Arm, und er stellte sich mühsam auf seinen gesunden Fuß. »Hol mir einen Stock«, sagte er.

Nachdem Kate am Wegrand einen stabilen Ast gefunden hatte, forderte er sie auf: »Jetzt geh weiter. Du musst Stretch einholen.«

Kate warf einen letzten Blick auf Anders und brach auf, wobei sie halb rannte, halb ging. Der Schnee auf dem Weg war immer noch mit allen möglichen Abdrücken übersät. Wo der Wald sich für die Sonne öffnete, waren diese Abdrücke hart vereist. Die ungleichmäßigen Ränder erschwerten das Laufen sehr.

Einmal schaute Kate zurück. Die Bäume und das Unterholz verbargen Anders vor ihr.

In diesem Augenblick wirbelte ein Vogel vor ihr hoch. Kate blieb ruckartig stehen und zitterte vor Schreck. Sie wusste, dass es nur ein altes Moorhuhn war. Doch obwohl sie sich das sagte, hörte sie nicht auf zu zittern.

Überall um sie herum schien der Wald lebendig zu sein. Irgendwo hinter Kate raschelte etwas. Dann hörte sie ein weiteres Geräusch – ein Schlurfen und Scharren.

Ein Bär? Befand sich hier im Wald ein Bär?

Kate ergriff die Flucht, sie rannte, bis ihr der Atem ausging und sie langsamer werden musste. *Sarah Livingston hat mir gesagt, es würde Bären geben.* Es machte keinen Unterschied, dass ihre Freundin Sarah in Minneapolis lebte und Kate hier. Sarah wusste Bescheid.

Als Kate wieder zu Atem kam, hörte sie das Geräusch wieder. Es kam näher und näher, als bewege sich ein Tier über die Eiskruste des Schnees.

Von Panik ergriffen drehte sich Kate in die Richtung, aus der das Geräusch kam. In kurzer Entfernung huschte ein Eichhörnchen über den Schnee.

Kate kam sich dumm vor. Dann fiel ihr ein: *Bären halten doch Winterschlaf. Sie schlafen jetzt!*

Als Kate nun stand, vernahm sie die Stille der Wälder um sich herum. Doch sie konnte ihre Furcht nicht fortschieben. Wieder ging sie weiter, so schnell sie konnte. Schon bald würde die Sonne am Horizont verschwinden, und es würde dunkel werden.

Bis jetzt kannte Kate die Wälder nur am Tag. Manchmal schienen sie sogar wie ein Freund zu sein. Doch nachts kamen die Tiere heraus. Hielten sie mit ihren kleinen Knopfaugen nach ihr Ausschau?

Ich bin allein, sagte sich Kate. *Was ist wohl hinter diesem Busch – da direkt am Weg?*

Ich bin ganz allein in diesen schrecklichen Wäldern. Kates Schritte wurden langsamer. *Doch bin ich wirklich allein?*

»Hör auf, nur an dich zu denken«, hatte Anders gesagt. Kate wusste: Er hatte recht. Sie schämte sich.

Schatten. Manche sind echt. Manche bilde ich mir ein. In Stretchs Leben ist ein wirklicher Schatten. Man hat ihn einer Sache beschuldigt, die er nicht getan hat.

Dann fiel Kate Mamas Vers ein: »Werft alle eure Sorge auf Ihn, denn Er sorgt für euch.« Als Kate losrannte, begann sie zu beten. »Herr Jesus, du hast so viel für uns getan. Du bist sogar am Kreuz für uns gestorben. Du hast etwas wirklich Schweres für mich getan. Hilf mir bitte, etwas Schweres für Stretch zu tun!«

Einmal, weit voraus, meinte Kate, den großen, schmalen Jungen vor sich zu sehen. War es Stretch?

Sie rief seinen Namen, doch es kam keine Antwort. Dann zwang sie ein Stechen in der Seite, langsamer zu gehen.

Als Kate die Spitze des Hügels in der Nähe des Farmhauses erreichte, versank die Sonne rot-orange hinter den Bäumen. Im schwindenden Licht blickte Kate über den Hof zum Kornspeicher und zur Scheune. »Die Schafe!«, murmelte Kate. »Sie sind noch draußen!«

Als Kate zur Weide lief, verdunkelten lange Schatten die Seiten der Gebäude. Plötzlich erspähte sie einen langen, dünnen Schatten beim Kornspeicher und blieb stehen.

Was war das? Ein Baum?

Der Schatten bewegte sich nicht.

Ich habe mir nur etwas eingebildet, sagte sich Kate und lief weiter.

Als sie sich der Scheune näherte, verdunkelten Schatten deren Wand. Kate zitterte, als sie sich an die Nacht erinnerte, in der einer dieser Schatten sich bewegt hatte.

Sie schluckte ihre Furcht hinunter und zwang sich weiterzugehen. Als sie noch näher zur Scheune kam, trennte sich ein dunklerer Schatten von den übrigen. Es war ein schlanker Schatten, nicht viel größer als Kate.

Der Schatten glitt seitwärts über die Balkenwand. Dann schlüpfte er um die Ecke der Scheune, die dem Fuhrweg am nächsten lag.

Bilde ich mir nur etwas ein? Für den Bruchteil

einer Sekunde blieb Kate stehen und überlegte. Sie dachte daran, dass Anders und Erik sie gewarnt hatten: »Stürz dich nicht in etwas hinein, das du nicht bewältigen kannst.«

Dann wusste Kate plötzlich: Sie hatte sich nichts eingebildet! Und sie war sich noch einer anderen Sache sicher: *Ich weiß, wer der Schatten ist!*

In diesem Augenblick setzte sich alles zu einem Bild zusammen. Kate rannte los, auf das Ende der Scheune zu, das am weitesten vom Fuhrweg entfernt lag. Sie hob die obere Querstange vom Zaun und kletterte auf die andere Seite.

Mit einer schnellen Bewegung legte sie die Holzstange wieder zurück, dann rannte sie über den Scheunenhof zum Zaun am anderen Ende. Wieder hob sie die obere Stange hoch und schlüpfte hindurch. Als sie die weiter entfernt liegende Weide erreicht hatte, schaute sie sich um.

Am anderen Ende der Scheune, nahe beim Fuhrweg, presste sich eine dunkle Gestalt an die Wand. Mit abgewandtem Gesicht und dem Rücken zu Kate beugte sich die Person vor und spähte um die Ecke.

Kate schlich langsam und leise vorwärts. Kurz bevor sie das Ende der Scheune erreichte, drehte sich die Person um.

»Hallo, Maybelle«, grüßte Kate ruhig und spürte: Sie hatte es die ganze Zeit gewusst.

Ein Ausdruck der Überraschung huschte über das Gesicht des anderen Mädchens.

Dann sah Kate Maybelles Mantel. Dieser Mantel

war älter als der, den Maybelle normalerweise trug, und er hatte schwarze Knöpfe. Selbst im Dämmerlicht erkannte Kate, dass ein Knopf fehlte.

»Ich dachte es mir!«, rief Kate aus. »Du hast Wildfire aus der Scheune genommen. Du hast sie nachts geritten! Warum? Nur weil du deinen eigenen Willen durchsetzen wolltest?«

Maybelles überraschter Gesichtsausdruck verschwand. Sie lächelte. »Ich weiß nicht, wovon du redest, Kate«, behauptete sie mit der zuckersüßen Stimme, der Kate noch nie getraut hatte.

»Und ob du das weißt!«, erwiderte Kate. »Du weißt haargenau, wovon ich spreche! Und du wirst mit Anders reden!«

»Anders?« Maybelle warf den Kopf hoch, und ihr langes, dickes Haar wippte um ihre Schultern. »Wenn es dazu kommt, wird Anders *mir* glauben und nicht *dir*!«

»Es wird dazu kommen«, grollte Kate. »Und er ist mein Bruder. Er wird *mir* glauben!« Sie griff tief in ihre Tasche und ertastete den Knopf, den sie gefunden hatte.

Maybelle rümpfte die Nase. Ihre Lippen teilten sich, als wollte sie etwas erwidern. Doch dann starrte sie über Kate hinweg.

»Sieh mal!«, rief sie.

Kate, die sich nicht hereinlegen lassen wollte, weigerte sich, sich umzudrehen. Sie wusste, dass nur eine Weide hinter ihr lag. Eine Weide, die von einem Zaun umgeben war, der die Schafe einschloss.

»Du hältst mich nicht zum Narren!«, sagte sie zu Maybelle.

Aber Maybelle brachte sie zum Schweigen. »Das versuche ich nicht.« Diesmal klang ihre Stimme scharf.

Dann nahm Kate die Angst in den Augen des anderen Mädchens wahr. »Was ist los?«, flüsterte sie.

»Siehst du das, da hinten am Zaun?«, fragte Maybelle.

Kate wirbelte herum zu der Weide, die Papa Nordstrom gerodet hatte. Drei Baumstümpfe ragten wie dunkle Tupfer aus dem Schnee. An der anderen Seite der Weide wuchs der Wald bis nah an die Umzäunung.

Dort drängten sich die Schafe mit dem Rücken gegen den Nordwind zusammen. Mit den Köpfen nach unten knabberten sie an dem langen, toten Gras, das an den Stümpfen hervorschaute.

Kurz hinter den Baumstümpfen kroch ein Schatten herbei und bewegte sich auf die Schafe zu. In der Dämmerung sah dieser Schatten wie ein großer, grauer Hund aus.

»Lutfisk?«, flüsterte Kate. Sie konnte vor Angst kaum sprechen. Doch im nächsten Augenblick fiel ihr ein, wie sehr Anders seinem Hund in Bezug auf die Schafe vertraute. »Es ist ein Wolf!«

Kate hatte noch nie einen Wolf gesehen, doch sie war sich sicher.

Nordlichter

Die Angst schnürte Kate zuerst den Magen, dann auch den Hals zu. Ihre Knie waren zu schwach, um nur einen Schritt zu gehen.

Der graue Schatten an der anderen Seite des Feldes blieb stehen und hob den Kopf. Dann bewegte er sich wieder und kroch weiter auf die Schafe zu.

Kate wusste: Sie hatte keine Wahl. Plötzlich schienen ihre Beine zu funktionieren. Sie rannte los, nahm die lose Stange oben vom Zaun und lief auf den Wolf zu.

Der Wolf blieb stehen und blickte in ihre Richtung. Kate erstarrte. *Was passiert, wenn er mich angreift?* Hinter dem Wolf bewegte sich etwas! *Ein weiterer Schatten? Noch mehr Wölfe?* Kate stockte der Atem.

Da blökte eins der Schafe. »Bäääää!«

Zwei weitere Schafe schauten auf. Kate blickte in ihre Richtung. Sie drängten sich immer noch hilflos in der Nähe des Zauns zusammen.

Hinter ihnen bewegte sich wieder etwas.

Augenblicklich war Kate sich sicher: Dort befanden sich noch zwei Wölfe, vielleicht auch drei!

Kates Hände umklammerten die Stange. Schritt für Schritt ging sie vorwärts und hielt die Stange vor sich.

Wieder hob der Wolf, der am nächsten stand, den Kopf. Er sog die Luft ein, als würde er sie wittern, und wartete. Wieder wurden Kates Knie schwach. Während sie die Stange hielt, zitterten ihre Hände.

Da hörte Kate, wie sich schnelle Schritte von hinten näherten. Jemand nahm ihr die Stange aus den Händen. Kate wirbelte herum und sah sein Gesicht. »Stretch!«

Der große Junge nahm die Stange nach vorn und stürmte los. Der Wolf, der den Schafen am nächsten stand, hielt an und wartete.

Stretchs lange Beine trugen ihn schnell über das schneebedeckte Feld.

Plötzlich wich der Wolf zurück und stahl sich davon. Die anderen Wölfe folgten ihm. Ihre grauen Leiber verschmolzen mit den dunklen Schatten des Waldes.

Kate atmete tief durch. Ihr war gleichzeitig zum Weinen und zum Lachen zumute. *Die ganze Zeit über habe ich Angst gehabt*, dachte sie. *Angst vor Schatten. Angst vor Wölfen. Und die Wölfe haben Angst vor uns!*

Stretch blieb weiter zwischen dem Wald und den Schafen. Er benutzte die Stange, um die Tiere zu führen, und begann, sie in Kates Richtung zurückzutreiben.

»Du bist *hier*?«, rief Kate, immer noch außerstande, ihre Gedanken zu ordnen. »Ich hatte schon befürchtet, ich hole dich nicht ein.«

»Du hättest es auch nicht«, sagte Stretch. »Ich habe gesehen, dass Maybelle zu eurer Scheune ging. Ich wusste, dass sie es ist, nach der du suchst. Ich dachte: ›Anders hat mir nicht getraut. Warum sollte ich mich um sein Pferd kümmern?‹«

»Aber du bist zurückgekommen«, sagte Kate. »Warum?«

»Weil ich wusste, man würde dir die Schuld geben.«

Kurze Zeit war Stretch still, und Kate dachte, das wäre alles. Doch als der große Junge weitersprach, war seine Stimme so leise, als würde er sich nicht trauen, es ihr zu sagen.

»Erinnerst du dich an Anders' Geburtstagsparty?«, fragte er.

Kate erinnerte sich sehr gut. Sie erinnerte sich auch an den Augenblick, in dem sie dachte, dass ihr Verhalten für Stretch wichtig sein würde.

»Ich habe noch nie jemanden gesehen, der so gemein ist wie Maybelle«, erklärte er. »Aber du warst nicht gemein zu ihr. Du hast so reagiert, als spiele es keine Rolle.«

»Deshalb bist du zurückgekommen?« Wieder war Kate zum Weinen zumute. »Danke, Stretch.« Sie wünschte sich, sie wüsste, was sie noch sagen könnte.

Doch dann sah sie seine Augen und wusste, sie brauchte es nicht. Stretch straffte die Schultern und ging aufrecht davon.

Als sie sich der Scheune näherten, wollte Maybelle fortlaufen. Kate begann zu rennen und schlug einen Bogen, um ihr den Weg abzuschneiden. Maybelle änderte die Richtung und lief auf den Stangenzaun hinter der Scheune zu. Sie wollte hindurchkriechen, dann blieb sie stehen.

Kate blickte über Maybelle hinweg und sah den Weg, der zum Farmhaus führte. Erik rannte auf sie zu. Nicht weit dahinter kam Anders. Er hatte einen Arm um Josies Schulter gelegt, mit der anderen Hand stützte er sich auf den Stock, den Kate ihm gegeben hatte. Er hüpfte auf einem Fuß vorwärts.

Erik schien zu wissen, was geschehen war. Er sprang auf die Weide und half Stretch, die Schafe hineinzubringen. Maybelle war eingeschlossen zwischen Kate und Anders und konnte nicht ausweichen.

»Ich habe sie hier erwischt«, erklärte Kate, als Anders näher kam. »Sie ist es, die Wildfire aus der Scheune entführt hat.«

Maybelle lächelte Anders an. »Du glaubst nicht im Ernst, dass ich so etwas tun würde, nicht wahr?«

Anders blickte von einem Mädchen zum anderen.

»Maybelle hat Wildfire geritten«, sagte Kate.

»Anders, du weißt, sie redet nur daher. Kate erfindet etwas.«

»Nein, das tut sie nicht«, entgegnete Anders. Seine Stimme klang ruhig, ließ aber dennoch keinen Zweifel zu. »Kate redet nicht nur daher. Ich glaube ihr.«

»Ihr Wort steht gegen meins!« Maybelles Stimme klang nicht länger süß.

Anders lächelte. »Ich kann Kate vertrauen. Sie ist meine Schwester.«

In diesem Augenblick wichen alle Verletzungen von Kate. Sie hätte am liebsten vor Freude gesungen.

»Du kannst nichts beweisen«, forderte Maybelle sie heraus.

»Ich will dir etwas zeigen«, sagte Kate. Sie griff tief in ihre Manteltasche und fand den Knopf. Langsam zog sie ihn hervor.

Maybelle starrte den Knopf an, streckte jedoch nicht ihre Hand danach aus. Als sie zu Anders blickte, hob sie das Kinn. »Ich war mir sicher, es würde dir nichts ausmachen, wenn ich Wildfire reite.«

»Ich bin mir sicher, es *macht* mir etwas aus!«, stieß Anders hervor. »Und du sorgst besser dafür, dass es nie wieder vorkommt!«

Maybelle verschwand im Dunkel der Schatten. Stretch und Erik trieben die Schafe bis vor die Scheune. Als Stretch Anders erblickte, richtete er sich noch höher auf als gewöhnlich. Er schien fünf Zentimeter zu wachsen.

Anders kam Stretch zuvor, indem er sagte: »Danke, dass du unsere Schafe gerettet hast.«

Kate hatte ihren Bruder selten so demütig erlebt.

Anders streckte die Hand aus. »Es tut mir leid, Stretch. Es tut mir leid, wie ich dich behandelt habe.«

Ärger flog über das Gesicht des älteren Jungen. Stretch hob stolz den Kopf. Einen Augenblick schien er mit sich zu kämpfen. Dann streckte er langsam, wortlos seine Hand aus.

Anders und Stretch blickten sich geradewegs in die Augen, als sie sich die Hände schüttelten.

Es war Josie, die die Spannung durchbrach. »Unsere Farm ist gerettet. Eure Schafe sind in Sicherheit.

Und Wildfire wird wieder gesund werden!« Josies Stimme klang erleichtert. »Aber ich vermute, es wird ein neues Geheimnis auftauchen.«

»Du vermutest?« Anders grinste zu Kate hinüber. »Meinst du, bevor Papa nach Hause kommt?«

»Ich weiß nicht«, antwortete Kate. »Was könnte sonst noch hier in der Gegend passieren?« Sie schaute Erik an.

»Eine Menge!«, rief er. »Bevor du hierhergezogen bist, hatten wir nie ein Geheimnis zu enträtseln!«

Kurz darauf kam Herr Swenson mit den Pferden vorgefahren. Als er Stretch und Anders sah, breitete sich ein erleichtertes Lächeln auf seinem Gesicht aus. Er winkte kurz und fuhr dann nach Hause zurück.

Alle anderen gingen ins Farmhaus von Windy Hill und setzten sich zu Mamas warmem Abendessen an den Abendbrottisch.

Als Josie, Erik und Stretch später nach Hause aufbrachen, kamen sie noch einmal zurück. »Kommt nach draußen«, forderte Erik Kate und Anders auf. »Wir wollen euch etwas zeigen.«

Zusammen gingen sie zum Rand des steilen Hügels. Von dort konnten sie weit im Umkreis alles überblicken. Erik deutete nach oben.

Kates Blick folgte seiner Hand. Am nördlichen Himmel streckten sich lange, weiße Lichtstrahlen vom Horizont ausgehend nach oben in den Himmel hinein. Das Licht pulsierte durch die Dunkelheit, es schien sich fortzubewegen und zu wachsen.

Kate stand staunend da. »Was ist das?«, fragte sie.

»Nordlichter«, erwiderte Erik leise, und selbst Anders war still.

Eine Zeit lang beobachteten sie die glühenden Strahlen. Allmählich veränderte sich die Farbe zu einem blassen Rosa, dann zu Blau und einem leichten Grün.

Als sie zum Haus zurückkehrten, gingen Anders, Josie und Stretch miteinander voraus. Erik und Kate blieben zurück.

Kate blickte auf und bemerkte überrascht, dass Erik sie anschaute.

»Herzlichen Glückwunsch zum Geburtstag, Kate«, sagte er.

»Danke«, antwortete sie mit einem eigenartigen Gefühl. Seit der Party war so viel geschehen, dass sie ihren Geburtstag ganz vergessen hatte.

Erik schaute sie immer noch an. »Du bist anders, Kate«, sagte er mit leiser Stimme.

»Anders?« Sie ging einen Schritt zurück und fragte sich, was er meinte. »Bin ich schrecklich?« Sie fürchtete sich zu fragen.

»Anders als andere Mädchen. Besser.« Einen Augenblick lang schaute Erik sie an. »Du bist etwas ganz Besonderes.«

Kate lächelte und wusste: Er hatte ihr eins der schönsten Geschenke gemacht, das sie erhalten konnte.

»Danke, Erik«, sagte sie noch einmal. Die Worte

reichten eigentlich nicht aus, doch Erik schien sie zu verstehen.

Schließlich brachen Erik, Josie und Stretch wieder nach Hause auf, und Kate und Anders gingen zum Farmhaus von Windy Hill zurück.

Als Kate die Tür aufstieß, strömten die Wärme und das Licht der Küche nach draußen, als wollten sie Kate und Anders begrüßen. Die Schatten verschwanden, sie verschmolzen mit der Nacht, zu der sie gehörten.

Was geschieht als Nächstes …

Drei Meilen war Kate an diesem kalten Januartag gelaufen, um in der Molkerei den Scheck für ihre Familie abzuholen und damit Stoff zu kaufen. Doch dann erfährt sie, dass in der vorangegangenen Nacht alle Schecks aus der Molkerei gestohlen worden sind. Kein Scheck bedeutet kein Geld – zumindest so lange, bis die Schecks gesperrt und neue ausgestellt werden können. Warum stiehlt jemand Schecks, die er in der ganzen Gegend nicht einlösen kann, ohne erwischt zu werden? Und was sollen die Farmer tun, solange sie auf das Geld warten müssen?

Stiefelspuren führen vom Ort des Geschehens fort und verschwinden plötzlich. Als Kate, Anders und Erik eine Entdeckung machen, steht bald darauf eine Warnung im Schnee. Wem können sie trauen? Wird es ihnen gelingen, den Dieb zu entlarven?

Die Abenteuerwälder 4

Verschwundene Spuren